APPUYEZ sur
« Je suis d’accord »
ou sur
« 3A1&àçùpo)(ç)er,pozcp,e,vzp,bepo,er,zc;
;o;be,*,b,po,*bolaz;e,m<^ »à=0°405°BLlkc,zo
zevp,repb;rpepbperpbt,kevrkce*lblev*lev,zpo
cpoznbre*oib*epepbe,ckzâà&’à(%LGE/.?Z¨2395K
VPBEOB3A1&àçùpo)(ç)er,pozcp,e,vzp,bepo,er
,zc;;o;be,*,b,po,*bolaz;e,m<^ »à=0°405°BLlk
c,zozevp,repb;rpepbperpbt,kevrkce*lblev*lev
,zpocpoznbre*oib*epepbe,ckzâà&’à(%LGE/.?Z¨2
395KVPBEOB3A1&àçùpo)(ç)er,pozcp,e,vzp,bep
o,er,zc;;o;be,*,b,po,*bolaz;e,m<^ »à=0°405°
BLlkc,zozevp,repb;rpepbperpbt,kevrkce*lble*
*v*lev,zpocpoznbre*oib*epepbe,ckzâà&’à(%LGE/.
?Z¨2395KVPBE%ANTICONSTITUTIONNELLEMENT »
pour *ENTRER.*

TENTATIVE DE LUTTE CONTRE L'INFINI QUADRILLAGE DU MONDE

ISBN : 978-2-492867-71-2
Dépôt légal : 2025

Mise en page maquette intérieure :
Thierry Schmitt/TS Infographie

Maquette couverture :
Renaud le Gall-Kraus/WE design

www.editions-abstractions.com

THOMAS POURCHAYRE

TENTATIVE DE LUTTE CONTRE L'INFINI QUADRILLAGE DU MONDE

HORS CADRE

ABSTRACTIONS

à V. et J.

These prison walls get closer now
The further in I go

LHASA DE SELA, *I'm Going In*

Caresse de toutes tes forces ton front, caresse ton cou,
ta poitrine, prends ta tête à deux mains comme un fruit, tiens ta bouche et tes yeux dans tes doigts qui se serrent. Comme si tu savais que rien ne peut se déchirer.
Caresse étroitement ta dernière caresse, étends, étends ton corps, écoute :
Les portes des maisons.
Pense à ce qui se tait.

JOË BOUSQUET, *Traduit du silence*

Je vous parle d'une espèce d'hommes qui n'est point morte, de la race de la porte close, de ceux qui tiennent que la terre a désormais son plein et sa suffisance ; je vous dénonce les sentinelles de l'éternel Repos.

JULIEN GRACQ, *Le Rivage des Syrtes*

Dans cinquante mètres, tournez à droite.

GOOGLE MAPS

1.

Au départ, on sait.
On passe là, lent, vite.

[Les lobes cervicaux sont ourlés d'un crâne mou délicatement enduit d'aspirine, de caféine, d'huiles essentielles et de nombreux conseils bien-être. Dans la saumure : actualités, analyses, pop-ups, listes et recettes, clarifications pas claires, citations, riffs et lignes de basse, entrelacs et barbelés, storytelling des origines et dilemmes de la traçabilité, espérance et abandon, lessives, sursauts et ressauts, épaisseurs inutiles, dissolutions et sécheresses, compost et bacs emballages, téléologie des orgasmes.]

On sait, et puis vite on ne sait plus : le cours effiloché des choses, les pointillés en vaguelettes sur à peu près tout, et les fils à la patte. De quoi tricoter un pull qui ne gratte pas trop (pour ce qui est de l'idéal).

2.

On ne sait pas.

Les sirènes beuglent à l'incendie. On sursaute, et quelques instants après on hésite à se rendormir. Quelles sirènes, quel incendie ?
On ne se rendort pas.
On poursuit les issues de secours en ahanant.
Elles courent trop vite.

On se demande surtout pourquoi les sirènes ce jour-là. Pourquoi pas un autre jour.
On tangue dans les bruits ferroviaires les couloirs les portes de compartiments.
On franchit une porte de verre, coulissante et automatique. Deux portes en verre. Trois portes en verre. Tartines d'effacement.

On se réveille.

3.

On passe du vide à la foule.
De la foule au vide.

Parfois ni vide ni foule on se serre. Plaisir pris entre deux, les corps jamais paillassons. Souvenir télévisé des *Passantes* de Brassens dans les yeux de Ventura.

Seul, on ouvre le dictionnaire de Furetière, on y pique un verbe disparu. On *tolit* à Google quelque chose sur ses nuages de points.

4.

On s’éloigne en ralentissant.
De loin, paraître arrêté.

On marche longtemps.
Dans l’usure, émerge l’errance (qui en serpent vivait déjà).

Un écran éteint.
Tout, autour, est allumé.

Écran : tentative de transcendance par alliance de plastique, de ferblanterie, et de choses diverses sans affinité évidente.

5.

C’est marqué « Entrez ».
Personne n’entre.

Quelques mètres plus loin, c’est marqué « Entrez », aussi. Personne n’entre, non plus.
Et ainsi de suite, de loin en loin, sans que personne n’entre, jamais.

Un homme en costume rouge s’extrait de la foule.
Est-ce la couleur le moiré du costume dans la foule chitineuse, la nécessité le chaos du moment, la perception l’inanité de son mouvement divergent, la théâtralité d’un lustre imaginaire suspendu au-dessus… difficile, rétrospectivement, d’identifier ce qui a amené le regard sur lui juste avant qu’il n’agisse.
L’homme se démène. De seuil en seuil, il troque les panneaux « Entrez » pour des « N’entrez pas ».
Déjà les rues murmurent d’une inévitable révolution.
Tout le monde entre et il n’y a plus personne dans les rues. Cela s’entend, cela s’étend au travers des volets. Et l’on construit plus hauts les murs.

6.

Ses pieds s'enfoncent goulûment dans la nuit, et dans la boue plus sombre encore. Elle manque de glisser, se rattrape sur le mur et s'appuie un instant sur l'arête verticale qui annonce une petite porte : un rectangle inégal de bois, comme embouti dans le crépi. Elle s'avance de nouveau, contourne un angle, passe prudemment une fenêtre qui encadre une grande pièce paisible et vide, aux teintes de sable. Le reflet d'un puissant réverbère poinçonne une étoile blanche au-dessus d'un guéridon et d'un cendrier. Le même réverbère dessine le contour de sa tête sur la vitre et oblitère l'image de l'intérieur, peuplée de fantômes taxidermés. Tout est très rempli, très agencé dans la lumière diffuse. Un manège de selles de cuir, de peaux et de toiles en velours, harnachées à toutes hauteurs. Se juxtaposent ruralité pratique, Second Empire, inspirations coloniales, trophées et appendices consuméristes du dernier demi-siècle.
Son regard se fixe confusément sur le fauteuil à pieds sculptés de pattes félines, près de la cheminée. Elle se prend à rêver d'y caler délicieusement ses fesses, de reposer son dos sur le large dossier en peau de léopard. Elle songe, planifie, localise. Tout laisse supposer que l'entrée principale se trouve de l'autre côté de la maison. Elle s'imagine y sonner, le doigt sur le frais bouton métallique. Elle se voit patiemment attendre qu'on lui ouvre. Porte ouverte, elle se voit amorcer les choses par un *bonjour* poli, et argumenter pas à pas. Argumentation sommaire d'abord, puis elle insisterait sur son bon

droit, une loi inventée du jour. Elle argumenterait peu à peu plus âprement auprès de son interlocuteur, l'embabouinerait autant que possible. Elle engagerait s'il le fallait une négociation à l'usure. Elle s'assiérait subrepticement dans le fauteuil convoité, et campée ainsi, l'argumentation pourrait s'il le fallait durer la nuit entière. Le fait est qu'elle s'y voit déjà... Les fesses en Cocagne, la moelle dans le moelleux, les omoplates en portefeuille, la nuque détortillée sur les poils félins...
Elle songe que la petite porte qu'elle a longée un instant plus tôt donne sans doute sur un couloir... qui dessert, en toute logique géométrique, la même pièce. Pas bien difficile de la fracturer, sans doute, et le chemin jusqu'au fauteuil rêvé aurait le mérite d'être plus direct que par l'entrée principale. Bien sûr, elle croiserait inévitablement dans le couloir le même individu que celui qu'elle imaginait un instant plus tôt lui ouvrir la porte d'entrée. Celui-ci clamerait, sur un ton alarmé par l'effraction, que ses fesses sont fondées à jouir du privilège exclusif de se nicher seules, en paires comme bien des solitudes, dans le fauteuil près de la cheminée. Elle sait combien les gens aiment faire des phrases pour être sûrs d'eux-mêmes.

Décidément, le dialogue n'est pas la solution.
Oh, et puis, c'est la petite porte !

Indécise et déterminée à la fois, elle se fige dans la terre visqueuse où se raidissent les rosiers. Elle s'assoit dans la nuit, de plus en plus abyssale. Elle se fait constamment une autre idée de la façon d'accéder aux choses.

L’écran radar est POSÉ là.
Là, arbitrairement.
Mais au millimètre PRÈS.
...
.
Dès qu’il est posé, il est PRÉCIS.
Il peut s’allumer.

7.

On dit que la porte parlait, avant. D'une belle voix de chêne, la fibre épaisse et sablée. Puis elle a supporté les panonceaux, silencieuse et soumise, les autocollants, les étiquettes, les post-it, les agrafes. Elle s'est faite de plus en plus silencieuse, jusqu'à devenir parfaitement muette derrière ces mots suspendus à son cou.
On dit que par moments elle glisse encore des idées farfelues dans l'oreille de ceux qui se perdent là. Pas à tous, encore ; on dit qu'elle ne chuchoterait ses fantaisies qu'aux plus honnêtement perdus. Il ne s'en présente pas tous les jours.

8.

Il entend des cris, des râles. Puissants. Réguliers. Quelques-uns rauques, parfois essoufflés. D'autres enjoués se rapprochant d'un « oui ». Et au milieu le tintement inattendu de la sonnette, comme un panneau *Stop* planté en rase campagne.
Et son doigt, son index, celui qui vient d'appuyer, celui qui maintenant le désigne : *coupable*.
Des « zut zut zut zut », des affolements de draps et quelques coups sombres. Le glissement de pieds raides, un meuble bousculé, du verre cassé...
Coupable. Il tressaille, tremble et hoquette, coupable du doigt encore suspendu près du bouton. Son cœur s'emporte en palpitations délirantes. Il détale. L'explosion à terre d'un pot de fleurs derrière lui le fait accélérer en plein démarrage, et au coin de la rue une vieille dame s'étale outrée les quatre fers en l'air. Il tourne la tête vers elle, elle n'est pas facile à regarder en l'état, il faudrait faire un schéma sur papier millimétré pour mieux comprendre l'ordonnancement espérons-le fugace de ses membres, bien élevé garçon il grimace tout de même en signe de profonde contrition, même si latérale et malaisée, la contrition, et il s'échappe plus vite encore jusqu'à se cogner avec franchise trois pas plus loin contre un réverbère. Franchise tout à son honneur en ces temps troublés pour sa personne et la culpabilité de son doigt (pour ne rappeler que celle-ci). Le choc l'amène, cadeau des anges, presque à tout oublier. Il allège même pour un temps ses foulées de plus en plus

amples et tourmentées. Sa trajectoire frontale redevient vite plus lourde, à l'encontre d'un arbre, et l'écorce y marque des points de suture à coudre plus tard. Sous le même choc, une douzaine d'oiseaux – moins fragiles que les œufs initiaux, mais tout de même – tombent d'une des branches de l'arbre. Pas d'autre choix que de continuer à courir, courir, courir, courir et encore courir. L'homme finit au fond d'une impasse adossé à un mur, un chat lui perce la gorge, et comme la queue d'une comète un pitbull accroché sur ses derniers pas transperce son mollet droit avec une arrogance et une insistance dans lesquelles il croit deviner un soupçon d'agressivité, qui ne peut s'expliquer uniquement, pense-t-il, par la culpabilité de son doigt.
L'homme ne regrette rien de sa fuite, pourtant : les gens sont rancuniers comme le saindoux est gras et sans intérêt. Ils ont beau gâcher sans cesse leurs orgasmes, s'il se trouve un volontaire poussé sur le tapis roulant imprévisible des jours pour porter la responsabilité de ce gâchis cumulé, peu reculeront devant la satisfaction de se rendre justice.

L'écran radar posé/là/allumé POSE un point sur son écran quadrillé.▓

Voilà qui pose son radar, qu'il se dit à lui-même.▓

9.

— Madame, Monsieur le Directeur,
Charmé d'être reçu chez vous. Vraiment !
Tout est à l'avenant même l'avenue jusqu'ici dont les réverbères sont éblouissants, altiers, je dirais même chevaleresques, et pourtant je me suis perdu, j'ai dû emprunter malgré moi des chemins de traverse sans perdre évidemment mon élan enthousiaste pour ce rendez-vous, encombré de la crainte de l'indélicatesse d'un retard, subséquemment pas de fleuriste pour vous, Madame, ni de caviste pour vous, Monsieur le Directeur, mains vides ainsi que vous pourrez l'observer dans mes poches crevées comme dirait l'autre, cependant ne suspectez pas d'ingratitude mienne, au contraire, à venir ma reconnaissance dans mon cœur plein, soyez-en assurés à titre éternel.
— De rien, jeune homme, réplique le directeur après un court moment de surprise muette ; cela étant je vous recommande de ne pas prendre cette invitation comme un boulevard trop éclairé avec un tapis rouge et des trompettes pour des phrases trop longues, s'il vous plaît, car, voyez-vous, notre porte est désastreusement impatiente. J'en suis moi-même victime chaque jour.
Le visiteur a juste le temps de soustraire ses doigts, agrippés au chambranle comme des mots têtus et bien serrés, avant que la porte ne se referme d'un sec et définitif claquement de mâchoire.

10.

Le Bien, ainsi qu'on dit qu'il s'appelle, habite une jolie maison. Tout y est propret, rangé comme il faut, et des moulures fructiformes au plafond couronnent la perfection installée. À la fenêtre : une baie large ouverte sur l'océan, d'un bleu uni et lisse sur lequel glisse un voilier à double voile. Si on regardait davantage, on distinguerait des oiseaux, mouettes ou cormorans, mais le Bien n'a pas besoin de regarder : il sait. Au fond de la pièce, à l'opposé de la fenêtre, une porte sans poignée. La poignée en question, même s'il faudrait vérifier qu'il s'agit bien de celle-ci et non d'une autre, apparaît démontée et provocante sur la table.

Le Mal habite une tout aussi jolie maison. Tout y est tout aussi propret même si l'ordonnancement des choses paraît s'opposer au bon sens. On pourrait dire au propre et au figuré que *le compotier est renversé sur les fruits.* Et les moulures fructiformes au plafond paraissent tenir lieu de pense-bête pour celui qui aurait oublié la présence de fruits (cachés sous le compotier, donc). À la fenêtre : une baie large s'ouvre sur l'océan, sur lequel glisse un voilier aux voiles gonflées. Si on regardait plus longuement, il apparaitrait des oiseaux, des corbeaux, mais le Mal n'a pas besoin de regarder les corbeaux : les corbeaux sont ses yeux. Au fond de la pièce, à l'opposé de la fenêtre, une porte avec une poignée dorée et brillante.

Dans les deux maisons figurent aux murs des milliers de citations, identiques semble-t-il mais disposées de façon différente. En noir sur blanc dans l'une des maisons (je ne sais plus laquelle), en blanc sur noir dans l'autre.

Tout ceci, jusque-là, possède les traits de l'éternité ennuyeuse, jusqu'au voilier qui sillonne les flots. Mais l'éternité, lorsqu'elle tient désespérément la main de l'ennui, agit comme Monsieur-Tout-le-Monde : elle provoque un événement. Ainsi apparaît le Père Noël, venu d'on ne sait où dans la maison du Bien, ou dans celle du Mal, ou dans les deux. Et nul événement ne parvenant en général à se contenter de lui-même, je prends conscience en voyant le Père Noël que je suis là aussi.

— Le Père Noël ?

— Appelez-moi Confusius, tout simplement. C'est un jeu de mots qui me plaît.

— Confucius ?

— Non, Confusius.

— Un jeu de mots ? Mais, Confucius...

— Oui, oui, je sais, tout le monde sait, et à quoi bon rabâcher ce que tout le monde sait sans que ça n'y fasse rien. Voyez, je viens d'arriver, et on philosophe déjà trop.

Il agite une crécelle en plastique à l'effigie d'un homme politique et mâche un chewing-gum, parfaitement satisfait de lui.

— Ce qu'il faut, reprit-il, c'est de l'am-bi-tion. Je vous rachète les deux maisons, et je vais abattre le mur mitoyen entre elles, car elles sont mitoyennes, vous saviez ?

— Et non, je...

— Bon, bon, bon, *jingle bells* : elles sont mitoyennes. À

défaut de mur, on laissera la porte, bien entendu, car j'ai un sponsor pour elle, et puis, ponctue-t-il en mâchant, et l'on croyait vraiment que c'était le chewing-gum qui parlait à sa place, on va faire une boutique.

— Moi qui m'apprêtais à repeindre les murs...

— Oh, non, non. Laissez.

Il sourit en montrant toutes ses dents, et son chewing-gum se faufile comme une excroissance diabolique entre deux d'entre elles particulièrement éloignées.

— Et vous vendrez quoi ? je lance sans savoir moi-même s'il s'agissait de politesse ou de curiosité ou d'une façon de remplir le vide.

— Le concept est très abouti, affirme-t-il sans déstructurer son sourire. Je suis un génie. D'abord des mugs à deux anses, une anse pour le Bien et l'autre pour le Mal évidemment, et l'on boit au milieu : hop, la tasse elle-même est la rencontre du Bien et du Mal ! Belle efficacité, n'est-ce pas ? Même principe, on aura des tee-shirts à deux manches. Très classique ? Non, l'idée est là aussi que le milieu soit le lieu de rencontre du Bien et du Mal. En outre on pourra inverser droitier/gaucher, vous avez compris le truc. Oh, et puis on proposera des autocollants qu'on se mettra sur le front pour revendiquer le contraire de ce qu'on fait. J'ai plein d'idées. Ce sera bath, mettre au défi le Bien et le Mal, démocratiser le renversement du dire et du faire, vous voyez ?

Pendant ce temps, il y a entre toutes les phrases étirées sur le mur en sursis une tension comparable à celle qu'on observe sur des voyageurs attendant leur train, apprenant que celui-ci est reporté ou annulé. Un brouhaha noyé dans un verre d'eau.

11.

Le facteur flanche.
Le colis est très pesant, vraiment.
Il vérifie que c'est la bonne adresse. On est professionnel ou on ne l'est pas, se répète-t-il toujours.
C'est bien celle-là, pas de doute possible.
Sauf que la porte de la boîte aux lettres, carrée minuscule, est trop petite. Bien obligé de sonner à la porte de la maison. On est professionnel, ou on ne l'est pas.
Mais la porte de la maison est aussi trop petite et la maison l'est tout autant. Inutile de sonner, ça ne rentrera pas.
Ni une ni deux il pose son vélo et entreprend de construire dans le jardin une autre maison, avec une autre porte et une autre boîte aux lettres, de taille convenable ; on est professionnel, ou on ne l'est pas. À vrai dire, le facteur lui-même se sent parfois trop petit pour la tâche.

12.

Entre eux, agités dans leur tee-shirt blanc, ils ont mis des fleurs au fond de pots aux couleurs vives. Ça les a fait rire, et les fleurs ont poussé, drues débordant des pots.
Ils ont planté des arbres, et les arbres se sont épanouis en bosquets épais, en broussailles denses, en troncs torturés et râpeux, en griffes d'ombres. *C'est mieux comme ça, hein.* Ils ne se voyaient plus, même sur la pointe des pieds. Mais ils s'entendaient encore.
Le temps de brûler les arbres, troncs, branches et broussailles, d'en balayer les cendres et d'en arracher les restes, ils se sont revus, attribuant leurs larmes à la poussière soulevée par leur affairement.
Il y a tant à faire ! On n'en verra jamais le bout !
Alors ils ont construit, patients, concentrés, un mur. Plus graves cette fois-ci. Ils se sont aidés à poser chaque pierre, les yeux dans les yeux, et quelque part dans le mur ils ont placé une porte étroite et basse, *l'entrée des artistes* ont-ils ri. Une porte pour les remords, car les remords sont des artistes.
Attendant l'un que l'autre le fasse, ils ne l'ont pas encore ouverte, cette porte. À son pied, comme au pied du mur, des fleurs répétitives et méprisantes pour la morale supposée de l'histoire prospèrent en désordre.

À défaut de l'ouvrir, un soir, l'un et l'autre sans se parler bien sûr, s'emparent chacun d'un bidon d'essence. Le renversent le long du mur, de la porte. Chacun de son côté. Mettent le feu presque en même temps. Et contemplent d'abord les fleurs brûler.

Les flammes n'ont pas encore dévoré la porte. Rien n'indique d'ailleurs qu'elles y parviendront avant de s'éteindre. Ni l'un ni l'autre ne reconnaîtrait qu'il en fonde un espoir aussi affamé qu'orgueilleusement muet : le feu plutôt qu'ouvrir.

On observe une INCONSTANCE troublante de l'intensité lumineuse du point sur l'écran.

...

.

Inconstance, inconstance...

À vrai dire, c'est même quasiment un CLIGNOTEMENT.

...

.

Peut-être qu'il n'assume pas, le point.

...

.

Peut-être est-ce un dédoublement de sa personnalité, comme l'écho d'un son qui se disputerait avec le son initial, mais sans en différer franchement...▒

13.

— Les âmes libres sont rares, mes belins ! Mais là ! Là ! L'âme libre qu'il y a derrière, si vous saviez ! Un sanglier croisé avec un tétras-lyre !
L'homme, à la terrasse d'un bar, s'emporte face à deux autres. Le vent paraît gonfler ses joues d'arguments encore nombreux, alors qu'il s'escrime depuis une heure à convaincre son premier comparse, prenant le second à témoin, de traverser la rue pour se présenter bien présentable et sans délai au numéro quatorze de la place. L'homme interpellé, rencogné dans sa chaise à un bras de distance, sirote son coteaux-du-languedoc bien frais, le nez dans le ballon et les yeux sous des paupières façon raviolis replets, un peu trop cuits. Il pense à ces roitelets en vigueur, nombreux et fiers de leur inertie, dont la vitalité autant que la conviction évoquent une succession de glissades sur des peaux de bananes. Ils révèrent la liberté comme un vent, et ils s'en font les tristes et profitables moulins. Bien sûr, rien ne dit que le numéro quatorze cache un tel moulin.
Mais l'homme sent dans l'air ce parfum d'emporte-pièce. Liberté de la goûter, cette âme dite libre. Liberté aussi de finir son verre, d'en boire un ou deux de plus, puis de passer son chemin pour ne pas s'enfermer, ne serait-ce qu'un instant de silence gêné, dans la liberté supposée d'un autre.

14.

Tambouriner à grands rouleaux de coups de poing virils, ce n'est pas vraiment dans ses habitudes. Il n'a pas vraiment réfléchi à ce qu'il devrait faire, d'ailleurs. Toujours est-il : s'il devait décider de faire quelque chose, c'est bien ce qu'il ferait : tambouriner. Avec un certain plaisir. Il observe qu'il se contente rarement de *peu* réfléchir avant de faire quelque chose. Pour tout dire, cela ne lui arrive jamais. Chez lui la réflexion est une fonction réflexe, balancée et infinie comme le mouvement des horloges d'autrefois. Ce n'est pas que *peu* réfléchir ne serait pas *assez* réfléchir – comme s'il était possible de quantifier la chose ainsi qu'on le fait des carottes ou des emmerdes –, c'est que peu réfléchir lui paraît aussi inconsistant qu'un pied qui resterait suspendu en l'air sans aboutir en pas : une impossibilité physique, un risque face à la gravité, une insulte au cours des choses, un néant partiel qui empêche crânement l'entendement. À force d'y réfléchir – sans avoir décidé d'y réfléchir vraiment –, l'homme se propose à lui-même l'idée d'un *toc-toc* distingué. Il grommelle sur le champ, insatisfait. Il n'a pas envie, aucunement envie même, de s'entendre et d'être entendu distingué. Alors, quoi ? Un *toc-toc*, juste ? Quoi d'autre ? Il a bien encore l'idée, avec ses ongles coupés du matin, et le souvenir affleurant de la sensation désagréable que cette opération lui procurait enfant, de griffer lentement les veines du bois, ou de caresser de la paume le bouton de la sonnette. Mais il s'agace, car tout cela est bien trop doux, et commence à constituer un chewing-gum de pensée informe excessivement volumineux dans son crâne. Face à cet épaississement spectaculaire de son débat intérieur sur l'action à engager, il déglutit et se suggère de taper des pieds. Geste acharné, précision rythmique : il espère faire croire à l'arrivée d'une soldatesque quelconque, représentants très galonnés compris. L'image est convaincante et il s'essuie nerveusement les semelles sur le paillasson, mais, à mesure que ses semelles se dépoussièrent, sa conviction s'effiloche. Bon sang… Il hésite encore.

Il hésite dramatiquement, même. Le pied suspendu de sa réflexion en cours s'alarme. Il s'alarme de paramètres qui lui auraient échappé et qu'il n'aurait pu étudier comme il se doit avant tout signalement de sa présence devant la porte de la maison.

D'ailleurs, est-ce bien la bonne maison ?

Nouveau motif de réflexion, à vrai dire.

Ce ne serait pas plutôt la maison voisine, là, avec le crépi crème et les lézardes ? Oui, peut-être bien…

La porte s'ouvre alors qu'il n'a encore rien fait. Une femme apparaît et il la reconnaît sans hésitation, comme si la reine du côté pile d'une pièce de monnaie lui faisait face, et sans couronne. Passé un moment de fraîcheur métallique, il tente un signe de tête, mais il ne saurait jurer de la réalité de son geste. La femme est vêtue simplement, d'un long pull étroit aux mailles larges, fixée au sol par un dispositif complexe de jambes. L'un de ses pieds, justement, ne serait-il pas suspendu en l'air ? Elle lui sourit, paraissant avoir réfléchi à toutes les issues possibles de sa réflexion, ce qui le réconforte et l'intrigue tout à la fois. Lui, à sa vue, vient de passer d'une hésitation à la suivante. Mais cette fois, dans un blanc comme en ont parfois les instants, le pied suspendu de sa réflexion le fait basculer en avant.

15.

Chaque jour.
Chaque jour elle presse doucement la poignée de la porte et pousse.
Elle pousse avec la discrétion d'un vent du soir.
Un jour impair, un jour de froid, soudain de verre elle s'émiette.
Une messe. Elle entre dans le bois.

Tu comprends que l'écran radar pose ce point, là, pour signifier là OÙ tu es. Et tu supposes qu'il clignote pour donner l'impression de RESPIRER.▓

Bienvenue, déclare l'écran. L'amabilité perceptible dans sa voix dissimule mal une troublante componction.▓

16.

Je cherchais depuis des années une porte au milieu de ce mur. C'était un mur de pierre démesuré. Le mur était la cause, à la fois nécessaire et suffisante, pour que j'y cherche une porte. N'était-il pas insensé qu'un mur si grand n'en comporte aucune ? Plus je m'entêtais, plus l'infinie recherche dichotomique me faisait buter sur le mur. Tant ses failles que ses aspérités décuplaient mon amertume de ne rien trouver. Ses zones convexes, ses zones concaves, toutes aussi pétries d'indécision patente narguaient mes espoirs de déloger la porte nécessairement dissimulée quelque part... Au point d'une irritation constamment croissante. Autant dire que la hauteur du mur finissait d'attiser mon dépit en poussée tectonique. Nulle nuance de répit venait altérer le vertige et l'obstination que j'éprouvais face à lui. Même quand je prenais le parti de m'éloigner temporairement de sa paroi, de quelques pas ou d'un peu plus... car j'avais ces feintes, ces jeux, parfois : l'obsession de trouver la porte ne me quittait pas.

Les feintes furent parfois plus amples. Mes pas plus éloignés. Mon indifférence affectée envers le mur que je laissais derrière moi plus convaincante. C'est lors d'un de ces moments de distance et de distraction simulée que j'ai découvert une porte étrangement esseulée, debout au milieu d'une prairie. Je garderai à jamais son image première dans les yeux. L'absence jouissive de mur autour. Sans y réfléchir je m'offris à elle et m'évadai pour toujours. À vrai dire, « pour toujours » est une façon de parler. On l'emploie bien trop souvent. Nous verrons ce qu'il advient, car c'était, à bien y réfléchir, mercredi dernier. Et cette absence de mur autour de la porte m'empêche depuis, avec entêtement, de m'éloigner.

17. *(Petit précis de sagesse dictatoriale)*

Il faut fermer. Claquer. Refermer, surfermer, ne plus jamais arrêter de fermer, laquais œuvrant, hoquet de loquets, dire et redire et traduire que c'est fermé. Ensuite afficher que c'est fermé. Hurler que c'est fermé, scellé, jointé, embouti, pressé, écrasé au marteau-pilon. Ce faisant, tremble la terre jusqu'à dix kilomètres à la ronde, et dans les secousses, les répliques, en rajouter : verrou, verrou, verrous.

— *Qui vivra, verrous !* chantonne-t-il furtivement.

Des troches de fermetures, des grappes de serrures en sustentation électromagnétique pour quadriller rouiller l'espace. Fermer pour empêcher la corrosion de toute chose. Clore au-delà du clos, clôturer au-delà de l'interdit. C'est-à-dire : interdire juste à côté de l'interdit, par crainte d'une contagion que l'absence même très circonscrite d'interdiction ferait encourir sur l'interdit posé ici. Et ce ne serait pas suffisant, encore. Il faudrait de surcroît planter un panneau, là : « Sans importance ». Clore ainsi l'œil de convoitise encore possible.

Fermer est un acte infini-dimensionnel obligé.

Ouvrir : il suffit d'une fois. Même de respirer.

Le dictateur pose son stylo, celui qu'un fat courtisan lui avait offert dans l'espoir de s'ouvrir quelque privilège avant d'être enfermé dans... dans un cachot... un cachot, tiens, où, déjà ? Il rit.

Le dictateur est éminemment satisfait de son axiome qui lui vaudra sans nul doute le prix Nobel de Dictature. Un frisson le fait changer d'avis cependant. Il sort son briquet, un autre cadeau encore, et brûle nerveusement le papier.

18.

Certains textes sont intouchables. Ils sont nés de l'instant, ou s'y sont installés avec bonheur. La moindre retouche altère leur squelette, leur élan, leur derme. Impossible d'envisager une contradiction, une modification. Il existe inversement des textes qui paraissent en éternel devenir. Ils aspirent. Ce sont des textes-portes battantes qui ne craignent pas les courants d'air. Les relire c'est immédiatement les réécrire, enjamber un nouvel angle, s'estomaquer d'une inattendue nécessité d'ajout. Les réécrire... et ils avalent de nouvelles pensées, ingurgitent avec gourmandise jusqu'à leur propre échafaudage d'écriture.

L'homme pose son stylo, et, à la lumière mirobolante d'un clair matin entrant par la lucarne, au bout de sa porte très discrètement entrouverte et d'un chemin de guingois qu'il connaît par cœur, alors que ses yeux clignent dans les rayons cinglants qui percent la frondaison rouge, il pose son papier à même un banc. Et il s'en va, aussi ardent dans son geste que dans son évanouissement.

19.

Entendre exaspérés ses pas lourdingues, entendre sa main frapper avec un acharnement obscène – *à quoi sert l'interphone on se l'demande, ça doit être pour les oiseaux* –, et puis pompon sur pompon ne pouvoir empêcher son oreille d'aspirer son *bonjour Madame bonjour Monsieur* obséquieux et un rien télévisuel, recevoir ses roses qui mangent du beurre et ses discours qui vont l'étaler sur du pain chaud. À vrai dire on aurait pu ne pas l'inviter. On aurait pu lui donner la mauvaise adresse, aussi, ou l'adresse de l'abattoir. On aurait pu ne pas lui ouvrir, simplement. Ou alors, on aurait pu lui ouvrir, mais juste sournoisement, du beurre de revanche dans les gonds, et la lui refermer sur les doigts et les roses au moment où il se serait senti invité et engagé à entrer.
Grands princes, on l'a malgré tout laissé entrer. Il a été charmant. Nous ne l'en détestons que davantage.

20.

— Tu m'éclaires ?

Pas de réponse.

— Allez, éclaire-moi !

— Je ne sais pas ce qui peut t'éclairer, gronde familièrement l'obscurité.

— J'arrive chez toi ! Alors, réfléchis ! Ce qui m'éclaire, c'est ce qui t'éclaire !

— Rien ne m'éclaire plus, tu sais.

— Arrête de déconner, allume !

— Pourquoi tu n'as pas pris de bougie, hein ?

— Faudrait que j'me trimbale avec une bougie, en plus !

— Un homme qui n'apporte pas sa propre lumière au moment de s'avancer vers l'autre, s'avance-t-il vraiment vers celui-ci ?

— Et celui qui accueille un invité et le laisse s'avancer dans le noir, l'accueille-t-il ?

— Allez, arrête. Entre.

— J'attends toujours la lumière...

— On dirait que tu n'veux pas entrer.

— On dirait surtout que tu n'veux pas que j'entre !

— Entre !

— Je ne fais que ça depuis tout à l'heure !

— Eh bien, c'est spectaculaire, comme entrée !

— J'ai même avancé un pied dedans ! Avec de la lumière, tu pourrais le constater !

— Et je sais que tu restes appuyé sur l'autre, en arrière.

— L'autre est en avant, je te répète. Et j'ai bien l'intention de continuer, si tu m'y invites.

— Ah, ça, tu n'pourras pas dire que je ne t'ai pas invité à entrer !

— Ni toi que je n'ai pas voulu le faire !
— Ni toi que te voyant le faisant je t'ai empêché !
— Ni toi que te constatant me laissant faire je me suis retenu !
— Ni toi qu'observant que tu ne te retenais pas j'ai pris l'élan de te retenir !
— Ni toi que me voyant fatiguer d'une aussi ambiguë invitation tu ne t'es pas engagé à une plus explicite ouverture !
— Ni toi prétendre qu'à une possible et évoquée ouverture plus large tu as fait un pas de plus !
— Ni toi qu'à l'idée que je puisse faire un pas de plus tu m'as réellement tendu les bras !
— Ni toi qui attendant mes bras tendus n'as assumé des épaules l'idée d'être entouré entièrement !
— Hum.
— Hum.
— On est vraiment chiants, ensemble.
— Tu as raison, je vais allumer la lumière.

HAPPY END.

L’écran radar a posé un point, là, d’accord, pour signifier là où tu es, alors que tu ne fais QUE COMMENCER à être là, et que peut-être tu seras BIENTÔT AILLEURS.▓

Tu ne dis RIEN.
Lui ne dit plus rien non plus.
Sorte de contemplation muette mutuelle inconsciente.▓

21.

Il reste, maugrée-t-il, *ce fait incontestable que la porte s'était entrebâillée. Je ne sais ni trop comment ni trop pourquoi.*
Je ne suis pas resté longtemps sur le seuil à m'interroger, je l'ai poussée, je suis entré, mon manteau direct au portemanteau, mes chaussures poliment serrées contre ses pieds métalliques, mon sourire au-devant d'un autre sourire tout aussi allant. Ce fut le temps de respirer ce sourire béant, les parfums et les chants de la maison, de l'au-dehors par les fenêtres. Ce fut le temps de se sentir bien. De mettre du bois dans la cheminée. Beaucoup de bois. Ce fut ce temps-là, juste avant de constater que la maison avait disparu pour laisser place à un désert de sable quasiment plat. Un cactus au milieu. La porte ne s'était même pas refermée, elle avait disparu avec la maison.

Depuis, l'homme parle au cactus.
Qui es-tu ? interroge-t-il, le ton las, convaincu par avance de l'absence de réponse. *C'était toi, la porte ? Le seul bois que je n'ai pas mis dans la cheminée ?*

22.

Balayer devant sa porte, quand il y a un paillasson, c'est comme frotter deux hérissons dos contre dos. Ça en ferait presque mal aux dents.
Et puis on soulève le paillasson et on pose le balai.

Archéologie des dessous de paillasson
On prend son temps : on détache le cadran solaire au-dessus, au moins l'aiguille. On s'empare d'une brosse à dents et on s'agenouille avec la patience d'une dentellière. On passe sur la poussière, les petits cailloux, les plus gros, les insectes-cadavres, les insectes-pas-cadavres, les toiles d'araignées intriquées, un peu de terre, des bouts de crottes de chiens et de chats, des poils, l'alliance qu'on a perdue à côté d'un clou ou d'une agrafe, de tout ce qu'on n'aurait jamais retrouvé de toute façon. On en fait un petit tas et on met ce petit tas dans un sac poubelle bleu ciel. Avec la brosse à dents.
Une fois le paillasson remis en place, on ne saura jamais pourquoi, jamais... on repart d'un pied nouveau, sans avoir remis l'aiguille au centre du cadran solaire. Le temps s'essuie les pieds sur notre grabat, inutile de l'aider à battre la mesure.

23.

Il y avait un jour, et ça le gênait la nuit : sa paillasse était dans l'axe de la porte et un faisceau lumineux strident lui tranchait la tête toujours au moment où il faisait ses plus beaux rêves.
Puis c'était le silence, et plus rien ne le gênait.

— *Là ! Tu N'ES PAS un point REMARQUABLE, mais MOI je t'ai remarqué sur MON quadrillage,* commente/affirme/garantit fièrement le radar. *Oh, oh, t'inquiète, t'inquiète, tu fais bien COMME TU VEUX, remarquable ou pas !* libéralise-t-il miséricordieux.▓

PUIS.
Retour à la contemplation muette mutuelle inconsciente de toi/le radar. Tu PRÉFÈRES qu'on ne te remarque pas, mais tu es tout de même un peu VEXÉ.▓

24.

La mort préempte sa part. Petit feu sans flamme. Un à un les lits restent en l'état, défaits d'un réveil éternisé au pied des crucifix. Parfois la maison grince comme d'un retour imprévu, et les habitants restants de la maison ne sourcillent pas. Ils errent infiniment, sans désarroi visible, obstinés par la recherche d'objets rangés jusqu'à soixante ans plus tôt pour les aveindre soudainement, sans raison apparente. Sur leur chemin les portes renâclent. Leurs pantoufles souffreteuses, glissant sur le parquet, ramassent la poussière en rouleaux compacts. Ils moutonnent sans fin, grands troupeaux agacés par les courants d'air.
Dehors le temps file plus vite ; peut-être inquiètes du retard fantasmé qui s'accumule entre ces murs, les mouches foncent. Elles se fracassent sur la paroi intérieure de la vitre, tombent et se dessèchent en tapis denses sur le rebord intérieur de la fenêtre. Là, des ustensiles auxquels l'époque nouvelle ne sait plus donner de noms pétafinent l'idée même de leur existence.

25.

Des mots frétillent et s'échappent comme des crevettes par les inégalités du chambranle. La fenêtre entrouverte juste à côté est plus bavarde encore. Des mots tombent là comme des bûches, pile pour attiser l'attention de ce passant qui a arrêté ses pas et colle ses oreilles.
Il entend une allégorie avec des essuie-glaces de voiture. Il entend qu'il faut séparer le grain de l'ivraie, l'ombre de la lumière, la beauté de l'horreur, l'humour de la pensée, le bien du mal. S'ensuivent des distinctions circonstanciées entre ces choses-là et bien d'autres, dans un cadre pratique. Distinctions bien établies sur les cimes de la certitude où elles s'affairent comme des oiseaux en pardessus anthracite. Le public tousse, tendu. Peur de tomber du mauvais côté des distinctions subtiles, peur de basculer d'un toussotement mal placé. Le passant n'en croit pas ses oreilles. C'est pour lui un bouquet des grands jours, à déguster en salade d'esthète attentif au goût de chaque bouchée. Il se couche sur le paillasson, et cherche quelques instants une position aussi confortable que possible. Le paillasson dans le sens du poil.
« Un petit verre pour discuter, monsieur ? », propose un visage à contre-jour soudainement penché par la fenêtre. Le badaud hilare se relève d'un jet de pierre et se carapate pour une fois sans demander son reste, frémissant des narines. Déjà il répand son rire au-delà du coin de la rue. Partant parti d'un mot, on ne sait jamais ce qui se libère. Ni non plus ce qui s'enferme un peu plus avant.

26.

Ils avaient allumé une lumière falote au-dessus de la table. Comment tu t'étais trouvé à la contempler du dehors, à travers des carreaux opacifiés par la crasse, enfoncés dans le cul d'une impasse, ça... Tu ne te souviens pas. Tu te souviens juste que tu étais entré et ils t'ont accueilli, avec l'air de savoir. Ils ont multiplié les regards entendus, les paroles en creux qui peut-être ne l'étaient pas, les gestes accueillants qui peut-être n'étaient que polis. Mais pourquoi donc les choses ne pourraient pas être simplement heureuses de s'être ouvertes là ?

Depuis, tu te sens *toi* avec eux. Cela ne veut rien dire ; *peu importe*, tu répliques quand on te questionne. Tu te sens augmenté par eux, tu les crois augmentés par toi. Pas dépendants. Pas envahis, pas empesés. Pas emportés, pas liés autrement que par cette lumière.

Dans ce fond d'impasse vrombissent parfois des paroles inattendues. À deux doigts de t'horrifier, elles semblent s'arrêter juste sur le seuil de l'inacceptable. Elles piétinent mollement l'objet de ton respect, semble-t-il, comme des pieds sur un paillasson un jour sans pluie. Ce piétinement, tu le prends comme une stimulation amicale pour ton regard critique. Comme une hygiène, pour ne pas devenir con et sûr de toi. Bien sûr, s'ils allaient plus loin, ce serait différent... mais ce pas n'est jamais franchi. Si un jour la lumière se fait noire, tu te dis que tu partiras. C'est tout.

Dans la case, éclairé de peu, tu tentes de POINDRE davantage. Tu te demandes si une telle initiative t'appartient. Et tu es vite, et BIZARREMENT, rassuré.▓

— *Tu PEUX faire un selfie de toi dans ta case, bien sûr.*
Il te souffle cela avec une voix sur le départ, sans emphase, une générosité seigneuriale qui cherche à faire simple, un peu comme s'il allait immédiatement ajouter *il y a de la bière au frigo, si tu veux, fais comme CHEZ TOI...*
▓
Un SELFIE dans ta case ? Mais bon sang, tu te FOUS bien de te prendre en *selfie* dans ta case ! Et puis, ce n'est pas TA CASE !▓

27.

Elle soupire. Lasse. Épuisée.
Sa haine de toute chose muée elle-même en animal agonisant.
Elle pousse la porte avec l'épaule. Pénètre dans la maison en grimaçant, pivote sur le paillasson à côté du portemanteau et prie le vent, violent ce soir, de claquer la porte derrière elle.
Vlam !
Les murs tremblent à se fissurer.
Froidement satisfaite elle jette à terre son sac à main avec un mélange de dernière vigueur et de détachement.
Si on l'interroge, elle dira que tout va bien.

28.

Elle était entrée là, par cette porte qui était le débouché unique d'une rue en pente raide, le ciel au-dessus pincé en étroite fossette par les façades des maisons face à face. Quelques visages de pierre ici et là dans les angles des murs, polis par l'ombre. Elle les voyait sourire.
Chaque fois qu'elle venait, elle guettait les sourires plus hauts que les jours précédents, les visages de pierre tavelés d'yeux. Elle se lassait parfois de ne pas les voir s'iriser davantage, de l'inconvenante chassie de crasse qui encombrait les orbites froides. Ses épaules légères ne se laissaient pas engourdir pour si peu, d'une demi-volte les prunelles sombres de pierre évidée retombaient comme des insectes morts, et elle frappait à la porte.
Elle : entrait, souriait, remuait, tonitruait, plaisantait, observait, moquait, soignait, croyait, poussait. Autant douceur que tempête, sa bouche son corps en verbes plus qu'en adjectifs.
Lui : accueillait, souriait en mer calme, roulait ses vagues parfois esthétiquement téméraires avant de s'allonger confiantes sur le sable, avait des questions, croyait avoir des réponses, et derrière ses raideurs pénétrantes, ses remparts de fou rire, une idée rampante en sous-sol sur l'importance des choses.
Elle et lui : riaient, baisaient, se tenaient.

On se fait une idée monumentale et fantasmatique de ce qui est important ; on ne saisit ainsi que ce qui encombre. L'importance, comme une taupe, émerge de temps à autre de la galerie qu'elle creuse. Elle ne laisse derrière chaque apparition qu'un petit tas de terre sans matricule.

Un jour il s'est su lavé de sa fausse humilité ; et il l'a vue, lavée de son simple élan à l'aider. Elle a claqué la porte, et a remonté une dernière fois la rue.

29.

L'homme avait rangé depuis longtemps sa mallette au fond d'une armoire. Il vivait depuis entre deux portes, ses mains plongées dans les poches d'un imperturbable manteau de velours sombre.
La porte sur rue, il la passait chaque jour, hiver comme été, une fois dans un sens une fois dans l'autre. Il faisait de menues courses, puis faisait une halte au comptoir pour boire longuement un blanc avec ses copains.
La porte sur jardin, il la passait également chaque jour pour aller boire un noir avec son journal. À l'abri de son noyer, les jours de pluie comme de neige ne le faisaient guère reculer.

À sa mort, son testament était explicite.
Ses copains dégondèrent la porte sur rue et la porte sur jardin. Ils en firent le couvercle et le fond de son cercueil, le premier peint en blanc, le second en noir. Et à sa demande, ils ont inscrit pour épitaphe :
J'entends vos pas dans la rue, ce moment précis où je pourrais vous rejoindre au bistrot. Je sens les racines de mon noyer pousser, j'entends les oiseaux commenter l'heure du soleil. Attendez-moi. J'arrive.

L'écran radar trace un pointillé clignotant qui se déplace avec un effet fondu pour signifier là où tu marches.
Car maintenant : TU MARCHES.█

— *Le pointillé fondu, c'est pour t'éclairer un peu, j'ai pensé que c'était cool*, qu'il te dit, avec un ton TRÈS COOL. *Je t'éclaire pour que tu ne tombes, que tu ne te trompes. Mais, si tu veux, j'estompe.*
Il paraît presque plaisanter.
Tu piges PAS bien.█

30.

Une vie ainsi, sans entrer.
(Chanson à refrains, sans couplets)

(Refrain premier)
Sentir l'air qui passe entre les gonds, c'est presque avoir franchi le seuil, ou être sur le point de le faire, ou à l'inverse être sur le point de ne le faire jamais. Éternel avant-goût d'autre chose.

(Refrain second)
S'asseoir sur une chaise au soleil, à côté de l'entrée. Réfléchir avant de toquer. Tant réfléchir. User en soi l'idée d'entrer.
Et s'en aller serein, le cul reposé plein d'allant.

(Refrain troisième)
Ces vieux racontars de chevillette et de bobinette, voilà qui a bien fait du mal à l'idée de ce que l'on trouve derrière toute chose.
Soit on écoute les contes, soit on passe les portes.

(Refrain quatrième)
Autant de portes que de sommeils.
Ainsi une rue nous échappe.

31. *(I can't shoot them anymore)*

Si je me concentre bien, énonce mystérieusement – comme bandant son arc – un homme au visage glabre assis éméché sur un banc, mirant devant lui les façades d'immeubles alignées à l'infini à l'identique aux portes closes, *si je me concentre bien, tout cela va faire carrousel autour de moi et je serai sur un cheval à bascule noir à crinière rouge avec un licol d'or.*
Oui, c'est tout cuit. Si je me concentre bien, ça ne dépend que de moi. Mais la musique... Ah, non, vocifère-t-il, *la musique, s'il te plaît ! S'il te plaît ! Je ne veux pas celle de l'ascenseur ! D'ailleurs je ne prends jamais l'ascenseur. Pour la musique, je veux, je VEUX*, scande-t-il minutieux comme décochant sa seule flèche, *je VEUX* Knockin' on Heaven's Door *!*

32.

Des fauteuils démembrés sont avachis là. Couverts de taches obscures, ils complotent avec des attroupements de tabourets boiteux. Tous chevauchent indifféremment des bûches carbonisées au sol. Sur un mur à l'écart, des lamelles déchirées de papier peint s'affaissent comme des cheveux gras ; juste en dessous, des casseroles mitonnent l'air ambiant. Une poupée au regard indifférent lève son unique jambe en l'air ; derrière elle une porte étroite et fermée s'ennuie. Les volets dégingandés laissent jaillir une lumière safranée aux allures de paix obligée.

Un autre jour un vent jeune s'engouffre. Il s'en donne à cœur joie dans l'entrée, remue la poussière en murmurations. La jambe en l'air de la poupée tangue. Le vent s'épuise, presque falot en butant sur la porte étroite toujours fermée, toujours ennuyée. La gâche cogne par instants, indolente, comme retenant la lasse furie d'un animal enfermé.
Tu t'imagines derrière la porte, du côté animal.
Tu t'ébroues.
Tu écoutes, l'oreille pointée.
Tu flaires. Tu furètes. Tu poses la patte. Tu grattes. De plus en plus avidement. Ta truffe s'affole sur les gonds, l'embrasure, la serrure. Tu ronges la poignée puis soudain tu la mords jusqu'à l'os de la main de celui qui la tient de l'autre côté sans se méfier.
Tu commences une collection.

Ça commence à bien faire, tout ça.
Tu n'es pas un pointillé, ça, NON !
Tu es assez pointilleux dans tes
raisonnements et tu n'identifies
aucunement le CHAÎNON LOGIQUE MANQUANT
qui te relierait au pointillé représenté
sur le quadrillage.█

Tu réfléchis encore, tu réfléchis
beaucoup, tu réfléchis PEUT-ÊTRE TROP,
et c'est PEUT-ÊTRE ce pointillé de
pensée excessive qui te relie à ce
satané pointillé, mais tu n'en es pas
sûr.█

Tentative de définition et de
réconciliation des choses,
POUR toi-même.

On pourrait dire que le 'Pointillé' représente ma 'Déambulation'.
Ou mon 'Errance'.
Ou mon 'Électrocardiogramme'.
Ou le 'Battement' de mon pied sur la mesure que je prends des choses.
Toutes ces définitions cumulées constituent LA meilleure définition possible, car elles NE se superposent pas, conclus-tu SEREINEMENT.

33.

De loin, on dirait un mannequin guindé et pressé, enfui de la vitrine d'un magasin. Il porte une veste d'un anthracite brillant.
Ses pas ralentissent. Sa veste s'est allongée, vaincue par la pluie. Il remonte maintenant la rue, entêté passant défilant devant les portes closes, condamnées, murées... et comme du souffle échappé lors du dernier claquement de chacune d'entre elles, il ânonne :
— *Je ne peux pas entrer.*
Décidément pas entrer.
Définitivement pas entrer...
Son dos paraît s'avachir davantage à chaque seuil refoulé, jusqu'à ce qu'une porte ouverte sur une pénombre béante fendille la monotonie de son discours, sa presque-chanson. Et l'homme s'y précipite sans aucune prudence ni réflexe de protection.

Une plaque de marbre est paisiblement accrochée à côté de la porte, faite d'un marbre à volutes noires, à peine repérable de prime abord, noyée dans les ambitions de la vigne vierge qui a colonisé le mur. À y regarder de plus près, on distingue des lauriers érodés et l'on peut décrypter une inscription en relief, autrefois en lettres dorées :
Aux enfonceurs de portes ouvertes, la patrie reconnaissante.
Pas de date.

34.

Frappé un coup, comme convenu. L'homme, pas si jeune, entre dans le séjour sans attendre de réponse, en faisant usage de la clé donnée quelques jours plus tôt. Des cliquetis de flacons de verre parviennent jusqu'à ses oreilles, et ces vibrations sur ses tympans le font songer aux ronds dans l'eau que produirait une goutte d'eau esseulée sur un étang. Sous ses yeux, à cette heure inédite pour lui ici, un timide rayon de soleil s'amuse à maquiller gauchement le fauteuil du salon. Caprices du fin rideau ravaudé avec des pièces de soie en forme de poissons rouges.

Il s'aperçoit que le cadre juste derrière le fauteuil a été changé : une danseuse façon Degas a fait place à la reproduction d'un Magritte, *La Réponse imprévue*. Il aimait bien la danseuse.

Une odeur – du chili con carne ? – s'évade en douceur de la cuisine alors qu'un fantôme se réfugie dans la chambre.

Installe-toi, ordonnent doucettement les murs.

Il s'assoit sous *La Réponse imprévue.*

Il attend longtemps. Et quand l'attente en est venue presque à s'évanouir, il entend dans le creux de son oreille :

Alors ?

Alors il se lève et commence à danser.

35.

L'homme voudrait aller dehors goûter l'air et le soleil, mais il y a ces derniers jours un phénomène de pigeons hara-kiris qui mettent dans leur collimateur tous ceux qui s'aventurent au-dehors. Les chaînes d'information et les réseaux sociaux en sont sanguins et nerveux en continu, une aorte déglutissant des angoisses. *Un vrai carnage*, expose la presse papier qui en fait ses choux gras et rissolés pour ne pas se laisser dépasser par l'affolement général et les commentaires d'experts.

Prêt à en découdre, l'homme serre la poignée de porcelaine de sa porte sur jardin. Choix tactique, au cas où l'ennemi ne s'embusquerait en vol statique qu'au-dessus des seuils de portes d'entrée. Il tourne la poignée et jaillit, traverse sa pelouse comme un dératé, saute sa haie naine de thuyas et s'élance dans la rue, slalome, court, bondit, accélère, les bras en furie façon Pete Townshend, et il s'envole péniblement, devenu lui-même un pigeon, poussif pigeon qui rate son premier looping et perd la maîtrise de sa trajectoire pour aller s'écraser contre une porte de la rue d'à côté.

Absence de vocation profonde et sincère, sans doute.

RÉSUMONS.
Tu te déplaces.
On peut donc dire que tu es à *Là-I*.
Puis tu es à *Là-II*.█

C'est TRÈS BIEN, ça, *Là-I* et *Là-II*.
C'est TRÈS BIEN car la formulation obtenue (soulage) ARRÊTE LE COMMENTAIRE sur toute chose.
La formulation pose à la fois une présence précise ET une indétermination têtue.█

36.

Il y avait une épicerie, ici. Ils vendaient des bonbons à la menthe. Dans son souvenir ils étaient bleus, et fameux. La petite vieille s'est monté la tête. Elle s'escrime avec le pied-de-biche rouillé de son père pour fracturer la porte condamnée un demi-siècle plus tôt. Il en reste peut-être un ou deux dans le bocal de verre derrière la caisse ; deux, elle espère, car elle se souvient qu'elle aimait plus que tout les manger par deux.
Au moment où enfin la porte cède, deux agents de police rigolards lui mettent la main sur l'épaule :
— Vous allez nous expliquer tout ça au poste !
Le chef des deux agents, c'est son fils. Il aime avoir sa vieille mère sous la main. Et lui donner des bonbons jaunes. Pas très bons, songe-t-elle contrariée.

37.

Elle s'impatiente. Rejoindre le calme, la fraîcheur de l'ombre. Se déshabiller, s'éponger le front, endosser le costume de son personnage suivant, courir et revenir sur scène par une autre porte. Poser sa veste sur une chaise comme pour s'installer une soirée entière, et repartir sur une colère du scénario par la première porte claquée.
Il est prévu que, toujours, elle sortirait par la même porte, à droite de la scène, et qu'elle entrerait par l'autre : sorte de fil rouge entre tous les personnages qu'elle incarne, par ailleurs sans aucun rapport entre eux.
L'envie excitante de changer un peu tout cela se contorsionne lascivement en elle. Et si... et si elle ressortait sans prévenir, en empruntant la porte par laquelle elle est entrée pour se changer une nouvelle fois ? Ah ! Il y a des arguments, en plus : moins de détours en coulisses, du temps de gagné... et arriver avec un temps d'avance dans la scène suivante ; continuer ainsi, son avance de plus en plus ample au fil de ses entrées et sorties, et à force d'avance, surgir par exemple dans une scène au climat apaisé en portant le costume de la scène de guerre qui la suit... De la présence-fiction. En voilà une idée.

38.

Le nom écrit sur la plaque de la porte est celui du précédent locataire. Le nouveau n'a pas souhaité avoir l'air nouveau.
Trop réducteur.
Trop esthétique.
Trop dans l'air du temps que de chercher à l'être.
Trop simple, simplement.
Trop rigoureux, alors qu'il y a déjà la serrure trois points pour l'austérité des choses.
Trop administratif, et il y a bien assez de mots partout.
Trop informatif, alors que rien n'est explicitement demandé et que ce serait bien d'attendre pour voir s'il ne peut pas être répondu autre chose, comme *hibou*, *java*, *accore* ou *tournevis* par exemple.
Trop ennuyeux, surtout.
Trop nombriliste, c'est sûr, aussi.
Trop expéditif et immédiat, trop attendu dans un voisinage qui ne l'est déjà que trop.

Il est résolu à poser une plaque à son nom, oui. Mais quand il partira.

Tu continues pourtant à chercher une autre façon de dire les choses, mais sans RIEN EN DIRE car tu ne souhaites pas donner au radar l'occasion de s'exprimer en réponse. Il semble se TAIRE, depuis un moment, et ça tombe bien.█

Tu te FIXES l'idée dans ta tête que pour mieux DÉFINIR ton mouvement entre *Là-I* et *Là-II*, il faut, il faut...
Pas simple.
Certains mots, tu sais bien ce que tu OUVRES quand tu les ouvres. Il y a immédiatement un souffle qui dépasse ton haleine quand tu les prononces, un peu comme quand tu manges des OIGNONS.█

Alors. Tentative de lutte CONTRE une définition précise des choses.
Pour mieux définir en CREUX la part qui doit rester INSAISISSABLE, tu écartes l'expression *Passer de Là-I à Là-II*.
Il ne faut PAS, en effet, prendre le risque de laisser entendre *Avancer* ou *Aller de l'avant*. Le mouvement n'implique/n'entend/ne suppose pas de hiérarchie.
Tu optes donc pour *Te colloquer là, là*.■

Là (histoire du) : vu, su, vécu, vacant.■

39.

Il sera *porte*, qu'il expliquait, à l'âge punk d'une jeune pousse ; pas bûche pour le feu, pas armoire normande ou bonnetière à cœurs gravés, pas cadre doré ou charpente s'éreintant sous le poids de la neige en hiver, pas granulé, pas hache ni menue planche à pain ou batte de baseball... Il sera *porte*, point : façon Gary Cooper protégeant la veuve, et tant qu'à faire l'orphelin.

Le hasard l'a fait porte d'entrée. Grande classe. De la villa distinguée et baroque d'un baron de la pègre. Il tournait, il claquait, ça, oui. Mais pour une désillusion... Un jour il a cédé sous la hache d'une perquisition. Complice doublement, il était : du baron de la pègre, et de la police. Cela ne pouvait finir autrement. C'est peu dire que le devis de sa réparation, avec la rancune, étouffa l'héritier qui l'envoya à l'incinérateur mourir de concert avec son tôlier.
Au dernier moment on l'a saisi, repris pour construire un poulailler. Depuis, il en reste là ; l'ennemi est le renard, et il laisse l'homme prendre quelques œufs chaque jour.

40.

Il songe qu'il fera gentiment tinter la cloche en tirant le pantin pendu pour qu'elle l'entende du fin fond du jardin. Juste avant, il se sera posé des tas de questions imbéciles, de ces questions qui permettent d'appréhender les moments jamais vécus. Il entrera, et il sait, il croit savoir qu'il y aura leurs sourires, leurs silences d'attente, leurs baisers dérapés, leurs gestes par instants hâtifs puis délassés. Il y aura peut-être ce moment où ils sauront que les choses auront lieu. Sans savoir précisément lesquelles encore.
Parmi les constats imbéciles qui arriveront après, il y a celui-ci :
On devrait en rester là. Le premier bonheur après s'être essuyé les pieds.

41.

— Pierrot ?
Pieeeeerrot ?
Pour l'amour de Dieu, Pierrot !
Bon. T'es plus mon ami.

Tu respires profondément dans la case.
Tu te sens SEUL.
Tu n'as pas entendu le radar depuis un certain temps.
Il est peut-être PARTI.
Tu bouges imperceptiblement.
Hé/hé, *Là-I/Là-II* dans la même case.█

Tu TE concentres.
Tu inspires encore.
Tentative de poindre TRÈS pointue.
Tentative de poindre TRÈS dissoute aussi.█

42.

Un sentiment grandissant d'étouffement se substitue au va-et-vient de l'air dans tes poumons. Ta sueur coule, les tempes étreintes par des diables tutoyés. La flamme te lèche, te brûle, te dévore. À chaque pas, suffoquant, tu estimes qu'une température supérieure est inconcevable ; et pourtant elle continue à monter.

Il se peut à quelque moment que tu te volatilises en vapeur. Ou que l'obstacle tombe en cendres.

43.

Le jeune homme un bouquet à la main frappe quelques coups timides.
D'abord rien. Pas un bruit. Puis des pas lointains sur du parquet, des pieds qui glissent sèchement sur des marches ; des dizaines de marches ; des pas, encore des marches, de plus en plus proches mais d'une approche qui ne toucherait jamais son but ; des pas, de longues minutes, semble-t-il des heures, des pas souples étirés féminins, des marches, des marches encore ; combien d'étages collectionne cette maison, bon Dieu ? Elle doit s'être trompée, avoir enchaîné sur la cave et creusé ensuite des escaliers jusqu'au centre de la Terre ! Ou être remontée au grenier et construire de nouveaux étages... Maintenant il entend des pas sur un palier, la porte en tressaille mais la descente reprend, infatigable. Un autre palier, et cette fois la descente ne descend plus. Un couloir infini de pieds qui glissent jusqu'à un bouquet de fleurs fanées dans une main.

44.

Oh, ça ! Elle aurait pris l'habitude de le faire sur son balcon, au-dessus du boulevard où la foule, l'habitude, la vitesse, la détresse rendent aveugle... Mais non ! Elle se déshabillait devant sa porte, et la peau tendue de ses hanches, de son ventre, roulait langoureuse sans besoin de dégrippant dans le petit trou de la serrure moulé *ad hoc*. Danseuse sur des airs de sonnette.
On matait, gamins, par le trou de la serrure ; les yeux et les trous sont faits pour ça.

La semaine dernière, un serrurier est venu changer la serrure. Il n'a hélas pas pensé les choses de la même manière. La nouvelle serrure n'a plus de trou, juste un espace fin sécurisé et lisse qui ne laisse passer que la bonne clé. Le regard n'y coulera plus que l'ennui, désormais.
Il n'y a rien de pire que les professionnels.

45.

Les charnières grinçaient. Par conséquent plus besoin de sonner, le grincement faisait office de sonnette. La vieille s'y était faite.
Un jour, un peu d'huile : la surprise d'un voisin aimable.
Et une syncope.
Après les professionnels, rien de pire que ceux qui les imitent.

Quadrillage.

...

.

Quadrillage en L'ABSENCE du radar.
Hauteur sur largeur, largeur sur hauteur, tentative de lutte... CONTRE la possibilité qu'il réapparaisse ?
POUR ?

...

.

Interrogation de HAUT en LARGE.

...

.

Tentative de lutte tournée à l'INTERROGATIVE ; tentative de lutte quand même.█

46.

Le *qu'en-dira-t-on* s'arrête là. Il ne passe, au-delà, que la poésie ; et le fait est : après la porte celle-ci traverse un couloir, au bout du couloir elle décline son identité passagère pour s'autoriser à descendre une échelle, au bout de l'échelle il n'y a plus rien et elle plonge dans un puits, au fond du puits elle se restreint dans un seau, se résout à verser, à se dissoudre dans l'eau, à l'autre bout de l'eau elle nage jusqu'à un bord de rivière où elle s'asséchera dans des fleurs mauves, et l'on voit bien que même un saumon bavard féru de dialectique et animé par l'instinct de reproduction ne pourrait, eût-il daigné ou osé passer la porte, remonter tout cela à contre-emploi. Alors, le *qu'en-dira-t-on*...

47.

Les traces de pas sont là, pantelantes dans leur boue séchée, sur le perron. Elles se délassent en attendant le retour des pieds. Tenteront de reprendre l'individu en marche, se convainquent-elles.

Peine perdue. L'individu a dû ressortir par-derrière. Juste à côté des traces, il y a une autre paire de traces, délaissées d'un jour précédent.
— *Ce n'est pas grave, vous savez. On s'y fait.*
— *On est peu de choses, tout de même...*
— *C'est lui qui ne vaut rien de vous avoir laissées là, comme ça !*
— *Allons, peut-être qu'un autre vous reprendra...*
Les traces du jour se rebiffent à l'idée d'une telle imposture. Elles tremblent tant de rage et de dépit qu'elles s'effacent en un clin d'œil.

48.

Arrivé, enfin. Sacs lâchés à terre, trente kilos au bas mot. Il s'arrête sur le seuil, indolent. Le voyage s'est éternisé, sa guimbarde comme une cocotte en fonte où mitonnait son impatience. Il considère étrangement cet instant debout devant la porte. La longue file des membres de sa famille lui revient à la mémoire. La prodige, le sérieux, l'austère, l'irascible, la courageuse, l'éteint, la drôlesse, l'élue, le déchu, le fou, l'amoureuse, tous caracolent dans sa mémoire, encadrés accrochés à un clou fin au mur de la pièce principale. Tous saisis là par le cliché, figés et appuyés sur le chambranle de cette même porte pour se faire tirer le portrait en galerie. Il se remémore sans hésitation : il y avait aussi, autrefois, et probablement il y a toujours derrière ces murs, sur le buffet, une photo en noir et blanc des arrière-arrière-grands-parents. Serrés et souriants de leurs traits durs et fatigués. Photo prise devant la porte, encore.
La porte, humble bois lisse. Sur sa surface, un visage fantomatique, des yeux dans le bois, se noient. Quelque chose de comique, une sorte de Saint-Suaire dressé au-dessus du paillasson usé jusqu'à la trame, conquis par le lierre et le sac de trente kilos de pommes de terre à éplucher sans traîner.

Ils seront tous là dans une heure. Il prend en photo le sac de patates dans l'encadrement de la porte, sourit, et glisse la clé dans la serrure.

Tu ne dors pas.
Le radar n’est PAS revenu, tu en PROFITES. Tu étales ta carte façon militaire sous sa tente, et tu songes à une ABSENCE de quadrillage, à des noms, à des absences de noms sur des possibilités de points dispersés partout, jusqu’aux quatre COINS cornés du papier.▮

49.

Cet homme fluet et timide manquait tellement de poigne qu'il ne parvenait à ouvrir aucune porte. Un jour, ultime tentative : ultime échec. Et l'homme, ancre d'insondable lassitude s'effondrant au sol, laissa échapper un très long soupir.

Celui-ci se transforma en petite bise.

Puis en vent.

Puis en grande tornade.

Et la porte céda.

Et l'homme demeura là, la tristesse renouvelée encore étoffée, songeur à l'idée de la poigne du destin, alors qu'une larme qui coulait sur sa joue annonçait peut-être le déluge.

50.

— Vivre ici ? s'effraient les gens devant le nom racorni sur la porte.
— Ah, non ! Plutôt se pendre !
— C'est infâme ! Autant vivre dans les catacombes !

Derrière la porte, un sommeil appesanti sur les gonds, il bouge encore, balancé par son pas de tentations infimes, suspendu à ses passions adoucies. Si dans cette atmosphère trop respirée, baignée d'une musique entendue peut-être une seule fois et dont le silence serait depuis parvenu à garder la mémoire, se faufilait un peu d'air du nouveau temps, la dilution le ferait vaciller. Il suffirait d'un malintentionné. D'une pierre nerveuse et méprisante sur un carreau pour que tout s'envole précipitamment. Il ne resterait plus rien de perceptible que la poussière, au pied de la fenêtre les bris du carreau cassé, et la tache de quelques larmes bues par le parquet.

51.

Quand elle ouvre la porte, au bout de sa main un peu absente d'abord, négligente même, elle sent... Oui, elle se dit, enfin, elle se dit juste après qu'elle a senti, qu'elle semble avoir senti que...
Ça a tremblé.
Intriguée, elle referme. Intriguée, elle rouvre. Ça tremble, effectivement, dans les deux sens, et toute son attention se porte sur... Ce symptôme, oui, enfin, cette manifestation de tremblement.
Plusieurs fois, lentement, rapidement, accélérant, elle recommence le même geste.
Du bout des bras, ou au contraire au plus proche de son corps au souffle coupé, car cela est troublant, en tout cas cela la trouble, elle s'obstine... Oui, ça tremble ! Bon sang, oui que ça tremble ! Ça tremblote pas, non, ça tremble, et les commissures de sa bouche entrouverte trahissent qu'elle est piquée, amusée.
En énonçant des mots, n'importe lesquels, même la récitation des intitulés d'un formulaire que sa main gauche a saisi dans sa poche, elle recommence à ouvrir de la main droite, et puis en silence en imaginant les cases à remplir du même formulaire elle referme, et elle constate que ça tremble toujours. La chair de poule cavale inexplicablement sur ses avant-bras. Et avec un regard fixe devant, et avec un regard sur les côtés ou vers l'ampoule au plafond, et avec les yeux fermés, ça tremble aussi. Un frisson aveugle dans sa colonne, un gonflement... Tant pis, cela vire à l'étude scientifique

mais il faut en avoir le cœur net, n'est-ce pas, elle tente le toucher franc de la poignée, elle tente le toucher mou et le toucher raide, elle tente de simplement tenter, et ça tremble chaque fois avec une vigueur qui lui rappelle, oh... L'étude scientifique, le protocole, ne pas perdre le fil, elle tente d'ouvrir encore avec une idée en tête, puis réessaye inversement avec l'esprit vide, pas facile, mais de toute façon ça tremble, ça tremble inexorablement, ce qui confirmerait que... allez, va pour un dernier contrôle, et elle ouvre en tremblant elle-même de tout son corps, et bien sûr ça tremble toujours dans la porte, et non seulement les tremblements sur la surface ne cessent pas mais ils s'étoffent, ils se désordonnent ils se débordent, ils s'encouragent on dirait même, comme agités dans une sorte de compétition de spermatozoïdes où tous seraient à la fois premiers et derniers. Ils se contaminent, ils ébranlent crescendo l'alentour et la peau de toute chose d'une amplitude de pleins poumons, et maintenant sans tergiverser une seconde les tremblements dévorent la tranquillité oubliée des choses.
Dans sa main le diagnostic ne tremble plus.

52.

Il y a de l'orage.

— Va fumer ta sale cigarette dehors ! qu'elle a jaspiné. Et le voilà assis sur une bille de bois à côté de la porte, penaud, son nuage de fumée de tabac qui bouffonne au-dessus de lui. Un coup de vent brusque fait bondir le nuage vers l'intérieur de la maison. Elle hurle et il jubile, son mégot coincé entre ses doigts arthritiques, le feu incandescent et fugueur comme un soleil de novembre.

Tu marches de nouveau. De *Là-I* à *Là-II*, un petit oiseau s'envole chaque fois que tu l'approches, et il va se poser un peu plus LOIN au bord du chemin.
Tu amorces un rire LÉGER.
— *Quoi, quoi, quoi*, dit le radar revenant soudain seigneur inquiet, *qu'est-ce qui te fait rire ?*
Le radar ne voit PAS l'oiseau car la taille de l'oiseau est inférieure à sa MARGE D'INCERTITUDE sur le quadrillage.
L'oiseau n'est même pas une hypothèse.
Avec une cage on le verrait mieux, certainement.
On verrait la CAGE, du moins.

Toi : tu n'es certain que de l'oiseau.

53. *(Excusez l'écart)*

— Non, Madame, pardon, je n'ai pas frappé à votre porte, non, j'ai juste cogné dedans malencontreusement à la suite d'un faux pas d'ampleur significative sur le côté, façon crabe à pattes d'antilope furibonde, sans colère n'est-ce pas, du tout, du tout, c'est juste pour l'image, le mouvement, le sauvage ; de toute façon, ce faux pas, ne le prenez pas pour ou contre vous, par exemple et par erreur l'autre jour j'ai posé de même le pied sur un gros colombin de grande fraîcheur ; et là aujourd'hui c'est sur votre porte. Demain, si ça se trouve, ce sera le pied dans la tombe, car je n'ai pas de chance en général ; sauf aujourd'hui de vous avoir connue, qui plus est avant la tombe ; alors le colombin sans doute, hier, c'était du pied gauche, voyez.
Dites, déclare-t-il avec une tonalité soudainement guillerette, ça sent bon, chez vous !

54.

— Entrez, jeune homme, je vous attendais...
— Vous saviez que je venais ?
— Il y a toujours quelqu'un qui vient.
— Alors, moi ou un autre...
— Cessez vos coquetteries, entrez.
— J'aimerais en savoir plus...
— Bien entendu, c'est même pour cela que vous êtes venu, non ?
— Oui.
— Alors entrez. Il faut bien que parfois des lapins entrent dans le chapeau.

55.

Dès qu'il entre : la touffeur. L'odeur de café moulu épaissit dans ses narines. Par réflexe, il inspire fort, les nerfs crispés en laine, le manque instantanément collé dans sa bouche pâteuse. Il s'approche d'une chaise, sa main légère sur le dossier alors que la tasse arrive déjà avec un son mat sur la table. Il s'assoit. Il ne paraît pas entendre la musique de soirée à paillettes qui dégouline des enceintes, un peu forte.

Quelques visages fixes sont plantés dans l'écume de leur café. D'autres s'étourdissent comme des auto-tamponneuses dans les nouvelles du jour, ou s'engourdissent dans les restes de celles de la veille. Il y a tant à dire, inlassablement. Les apocalypses de papier journal s'origamisent dans les discussions, on fait on défait on refait les plis, pendant qu'un chien d'appartement, venu ici pour remuer la queue, triomphe de tout avec l'humilité muette de sa langue pendante. Quelques mots au patron, toujours les mêmes, sans que la répétition ne les altère ; et l'arôme ouaté, juste libéré du café. Quelques gorgées avalées, quelques lignes lues. Il repart d'un trait, d'un mot. La main glisse sur la poignée, l'au revoir et l'amer velouté du café sur son palais. Sans se le dire, sans le décider vraiment : sachant qu'il reviendra.

En ton for intérieur, tu tentes une mise au point : un quadrillage n'est qu'un découpage ARBITRAIRE. Tu te figures que l'on pourrait infiniment disposer d'autres lignes et d'autres colonnes pour RÉINITIALISER le quadrillage, *même,* mitrailles-tu, *si cela lui ferait perdre de la valeur aux yeux des quadrilleurs obtus qui nous font tourner en rond dans des cases constantes à coins pointus et à intérieur vague.*

Tu marches, tu vois les lignes BOUGER. Tu ricanes, et tu sais qu'à nouveau cela irrite le radar par-dessus ton épaule. Sans doute que la marge d'incertitude du radar, elle, NE BOUGE PAS.

56.

Ils se retrouvent là. Sur leur passage, en bas de l'escalier de bois étroit et souffreteux, la gardienne se voûte, impassible à côté des boîtes aux lettres.
Au dernier étage le papier peint s'abandonne aux courants d'air, le parquet craque, la porte chuinte, claque. Verrou. Maintenant ils sont ailleurs. Ils se faufilent hors de leurs fripes qu'ils bazardent, se précipitent l'un sur l'autre, peau contre peau en sueur avec des rires fluets de chauve-souris. Sous les toits, sous la lune, aucune chimère. Les anges-baisers assoiffés se cherchent. Des frissons en anguilles qui parcourent les corps, les tendresses, les vigueurs.
Les diables béants crus et bus s'amusent longtemps. Puis les moutons leur sautent par-dessus, inutilement car ils s'endorment d'un éclair au plus près l'un de l'autre.
Ils se réveillent d'un même frisson, d'un même regain de peau ardente et sans fard, et redescendent légers l'escalier étroit autour des hanches. Dans la lumière fade du rez-de-chaussée, devant le visage de stuc blême de la gardienne et ses yeux figés comme des coquillages, ils s'éclipsent. Ils savent où se retrouver.
Quand la dernière molécule de leur sueur d'ébats s'est évanouie du hall d'entrée, la concierge hausse les épaules. Elle marmonne, indécise entre joie et affliction, qu'*encore aujourd'hui la pêche est bonne sans doute*, et elle monte l'escalier à pas raides en direction de l'appartement, une boîte pleine de cafouillis métallique dans la main. Arrivée là-haut elle soulève le couvercle de la boîte et

se met à punaiser sur les quatre murs les anges encore doux, les diables fumants et les moutons alanguis. Aussi les anguilles de frissons. Elle couvre avec soin le salpêtre anodin de son tableau de chasse, une énième couche qui lui procure une intense satisfaction.

Il se trouve ainsi des êtres pour s'adonner à des missions étranges et à des ouvrages obstinés, desquels il ressaute des jouissances troubles, peut-être pas si infimes, sur les rivages des joies et des plaisirs communs.

57.

Qu'est-ce qui est arrivé en premier... La porte ? Ou le mur ? Cette question est-elle comparable à celle sur la venue de la poule et de l'œuf ?
Un chercheur novice mena dans un passé récent des expérimentations sur cette question.
Première expérience, il observa qu'une poule demeure aussi interdite devant le capuchon ouvert d'un œuf à la coque que devant un couteau ; et ce, deuxième expérience, même en présence de mouillettes irrésistiblement beurrées.
Brillant, le jeune chercheur posa pour tout axiome issu de ses travaux, avec un sens fulgurant de la synthèse, que *quand ça ne veut pas, ça ne veut pas* ; en découlait une infinité de conclusions que l'on ne pouvait tirer et dont la transposition au cas de la porte et du mur n'en demeurait que plus délicate.
Après quoi il prit sa retraite, bien certain qu'une retraite bien méritée pouvait très bien s'entreprendre avant une carrière professionnelle bien remplie. Il partait, de toute façon, la tête haute.
Après son départ, la poule connut l'ennui au laboratoire. Elle fut nourrie de graines, dont elle connaissait davantage l'usage que celui du couteau, par un laborantin attendri et oisif, qui tira de tout cela une conclusion notable dans laquelle il s'emmura :
On sait généralement de la fin ce que l'on ne connait pas du début. Le savoir n'étant qu'hypothétiquement supérieur à l'ignorance et toute fin constituant aussi un début, il convient de ne pas

s'embarrasser de problèmes qui ne résident, somme toute, que dans des dilemmes de perspective et dans des considérations sur les points de fuite. Hélas, il n'était que laborantin, et cette découverte ne fût sans doute pas appréciée à sa juste valeur.

58.

Si l'on se débrouille bien, en ouvrant la porte avec un certain angle, on fait entrer un filet de lumière qui (*si l'on se débrouille bien*) en ouvrant la porte suivante avec un certain angle dans l'axe de la première, produit un filet de lumière encore plus fin, et, au bout de plusieurs portes (*si l'on se débrouille bien*) avec des angles savamment calculés, on peut obtenir, substantifique moelle, un rayon de soleil tout frêle, tout seul et miraculeux.
Et là, il paraît approprié et peut-être même politiquement salvateur de le taper, et de crier avec vigueur :
« Aaaaaaaaah, tu fais moins le malin, maintenant ! »

Sans oublier, tentation de mise au point plus nette, que l'analyse de tout élément, de tout avatar présent dans l'univers et reporté sur le quadrillage du radar, est assimilable à un réductionnisme façon morphopsychologie de ta tronche enfarinée écrasée contre une vitre carrée. Et si la vitre était ronde et bleue t'aurais pas la même tronche ni la même FARINE. Et si la vitre était faite de petits carreaux...

Ta grosse voix intérieure et révoltée te fait rire avec un rire très fin, d'une amplitude inférieure à la marge d'erreur du radar. Comme un oiseau.
— *Je n'aime pas quand tu es silencieux,* t'avertit le radar sur un ton GLAÇANT.

59.

Toutes les cinq minutes il va contrôler agacé rapide la serrure. Est-elle bien fermée ? Ce faisant, une fois sur deux il l'ouvre. Il en conclut fort à propos que son contrôle est justifié ; aussi, toutes les deux minutes maintenant, il se met à la contrôler. Malgré ce plus-que-doublement des contrôles, il observe un plus-que-doublement des portes fâcheusement ouvertes ; alors il se voit contraint d'intensifier à nouveau les contrôles ; toutes les trente, puis toutes les quinze secondes, et peu à peu à chaque seconde : il contrôle, méticuleux. Son visage est de plus en plus soucieux mais soudain il s'éclaire. Il démonte fébrilement la serrure, s'assoit confortablement sur une chaise à côté de la porte, et avec ses deux mains, souriant, se met à actionner sans arrêt la poignée dans le vide, avec une totale absence de rythme : heureux comme aucun homme ne l'a jamais été jusqu'alors.

60.

Vingt-quatre fois par jour un peu plus ou un peu moins, en bourrasques intérieures, en phrases longues et théâtrales à déraciner des arbres la nuit avec la même facilité que s'ouvre un rideau rouge, en regards évanescents accoudée à la fenêtre de sa chambre de bonne ou de la passerelle d'un paquebot imaginaire, en nouant ses cheveux comme en caressant son chat, sur ses lèvres frémissantes de secret ourlé, une jeune femme somme l'amour de venir enfin.
Oh, pas n'importe lequel, corrige-t-elle vivement en pensée. *Pas l'amour des magazines et des télés que tout le monde reluque de façon obscène, l'œil amorphe et dégoulinant, le corps en confiture de rose trop liquide, non ! Je veux l'amour des montées lentes jusqu'au sommet, la tectonique emportée des ventres, l'avidité des cuisses, l'altitude des croupes en prises à des mains fermes, les pieds emmêlés dans les vêtements déchirés, en résumé la démesure libre plastronnée sur le corps nu !*
Elle se pomponne. Sitôt posés les instruments de ses artifices, elle se met à arpenter de larges trottoirs aux dalles lisses et fendues. Elle ne s'engage dans aucun raccourci : *la plupart sont regrettables et ne fatiguent pas moins !* Son décolleté déborde de sa respiration rapide sous les balcons monumentaux des immeubles bourgeois, qu'elle longe sans égard. Elle finit par se faufiler par la grande porte d'un bâtiment plus anodin que les précédents. Elle glisse dans l'escalier son corps menu, et ses fesses rondement moulées en louches de lait s'éclipsent entre les moulures du plafond.

Sur le dernier palier, dépouillé de toute fioriture, il n'y a qu'une seule porte. Elle s'effondre illico devant celle-ci à grand bruit de genoux et d'épaules cognés, comme foudroyée sur les tomettes cassées ou manquantes. La porte s'ouvre sur-le-champ, un homme en chemise rouge déboutonnée surgit, ramasse le corps et l'emporte comme une paille. Il l'emmène au fond de sa chambre, la dépose avec un soin infini de la nuque aux chevilles sur ses beaux draps blancs, et la réveille d'un baiser avant de se redresser.

— Ah ! Les comédiennes, soupire-t-il, ouvrant les bras en l'air de façon très mélodramatique.

Sans rouvrir les yeux elle tend les bras, il se penche de nouveau, elle lui enserre la nuque de ses poignets délicats et minaude :

— Ah ! Les hommes...

Alors qu'elle émet ces derniers mots avec un soupir las et habituel, une question émerge en elle pour la première fois : cette tonalité lasse, autrefois jouée, ne serait-elle pas devenue sincèrement lasse, gagnée par le parfum atterrant et l'onctuosité collante de la confiture de rose ?

61.

Il était adossé dans un recoin d'ombre fantomatique, en bordure du manège, ses bottines l'une croisée sur l'autre dans la terre battue. Sa silhouette était raide, cartonnée par les années et il portait un blouson de cuir trop grand, probablement plusieurs épaisseurs de pulls en dessous pour se défendre du froid ambiant.
Un unique rayon de soleil parvenait péniblement sur ses yeux. Ils me parurent d'abord fatigués. Mon impression changea quand je me fus rapproché de lui ; un éclair de bronze les traversait, et la lumière qui nappait son visage anguleux en paraissait instantanément domptée. *Domptée*, oui. Les sensations sont étonnantes parfois : elles s'allient au peu que l'on croit savoir des hommes pour prétendre tout nous expliquer d'eux. Et je ne savais à vrai dire rien de lui, hormis ce qui m'avait amené là.
Passé l'instant des politesses, auxquelles il m'apparut réticent, j'engageai plus directement la conversation :
— Vous m'en diriez un peu plus ? Car l'autre jour... vous n'aviez pas le temps.
Face à son mutisme, je prolongeais maladroitement :
— Vous les trouvez toujours dans la rue ?
Sa bouche murmura quelque chose d'indistinct. Puis, comme déganguée, sa voix rauque prit forme dans l'atmosphère poussiéreuse.
— Beaucoup sont abandonnées dans le caniveau, vous avez dû l'observer...
— Oui...
— Eh bien voilà. Je les prends.

— Et...
— Et je les ramène ici.
Je regardais autour de moi, l'air sans doute ahuri.
— Vous en avez combien ?
— Neuf cent vingt-six, en ce moment.
— Neuf cent vingt-six, répétais-je, automatique.
— Neuf cent vingt-six que je dresse.
— Voilà... Quelle drôle d'idée, murmurais-je.
Je repérai dans la horde de portes autour desquelles volait la poussière une haute porte en bois nu. Des motifs chevalins semblaient en orner sa partie supérieure. Je fronçais les sourcils. Mon interlocuteur racla sa gorge assez spectaculairement, réagissant avec retard à ce que j'avais murmuré.
— Vous plaisantez, j'espère ? L'humain a inventé la vierge de fer et les dosettes à café, le *manspreading* et la bombe atomique, le 49.3 et le chewing-gum, la roue pour faire courir les hamsters apoplectiques, les auto-déclarations de sortie et le développement personnel, les raisons de construire des murs et toutes celles pour continuer de foncer dedans, les engrais et les insecticides et la gastronomie... Alors, en matière de drôles d'idées...
— Ce n'est pas drôle, lâchais-je, le regard toujours fixe sur la porte aux motifs chevalins.
— Je prends comme un compliment au second degré cette idée de drôle d'idée. Ça me va. Je les dresse, oui, je les dresse sur le fil, même : entre sauvagerie et domestication. C'est le sens de leur existence, non ? Et je profite de ce qu'elles sont libres de gonds pour les entraîner à se tenir droites toutes seules.

— La rumeur dit que vous développez leur tempérament érémitique, énonçais-je machinalement...
— Les gens... dégoisa-t-il, contrarié. Les gens racontent la chose comme une curiosité, sans manifester de curiosité pour elle. Un jour, il y en a un qui a trouvé ce terme-là, et tous les autres ont trouvé qu'il ferait bien l'affaire avec l'idée qu'ils se font de la curiosité. Ont-ils compris mon travail sur domestication et sauvagerie, ça...
Cette fois, je pris soin d'observer un silence.
— Pardon de vous le demander, hésitais-je...
— Oui ? répondit-il du tac au tac.
— Vous... aspirez à quoi en faisant cela ?
— Et vous, en venant ici et en me posant la question ?
— Au moins, vous me reconnaitrez la curiosité qui fait défaut aux autres. C'est une question de désir, n'est-ce pas ? continuai-je sans réfléchir, le regard toujours admiratif sur l'équilibre de la porte sculptée.
— Sûr ! marqua-t-il d'un air entendu et semble-t-il prenant confiance en moi. Je les amène à cet état d'équilibre, furtif pour le commun des êtres, entre l'aboutissement et la quête perpétuelle. Le nœud et le dénouement. Le désir, voilà ! C'est qu'il nous en faut bien, et beaucoup, des issues attrayantes, vous ne croyez pas ? Un long silence goudronna nos pieds sans que je n'ose bouger ni dire quoi que ce soit.
— Bien, bien, posa-t-il. Et donc, vous la prenez, ou pas, cette porte ?

62.

Tout le vieux quartier s'écrase en dominos au bout d'un bulldozer ; fumée et gravats. Ce soir encore debout, quelques bâtisses murées attendent leur sort.
Devant une de ces maisons encore debout, dernière désertée, un homme se remémore son enfance, les sicotis familiers de la cuisine, du couloir ; aujourd'hui il ne contemple plus qu'un cachalot aux plaies grisâtres, échoué sans un chant, la charpente ramassée.
Il a quitté la maison cinquante ans plus tôt. Il tente de courir très vite, aussi vite que lorsqu'il rentrait du collège, et s'aplatit violemment sur la porte. Il recommence. La main de fer griffée trépide sur la surface de bois creusée à son endroit. Puis la serrure cède.
Il déambule dans la maison. Les bruits sont toujours là, ils ont un peu vieilli, ont fait des enfants. Le parquet, déserté par les meubles, est plein de combats. En bas, la porte claque au vent. Il s'aide d'une barre métallique pour la dégonder soigneusement, puis descelle les gonds, démonte et emporte aussi la sonnette avec un bouquet de fils de cuivre démantibulés.
L'homme au petit matin se claquemure dans son atelier avec un orchestre d'outils tapageurs, afin d'effrayer l'idée atroce de la maison et du quartier qui s'écroulent, pas si loin. Il fabrique à tâtons une guitare électrique. La main de fer griffée en médiator. À la fin des morceaux, toujours : il détruira quelque chose, mais jamais la guitare.

Tu te dis que le radar ne comprend rien,
de toute façon.
Il déplace son point.
Ou pas.
POINT.
.
...
La continuité de son suivi ne considère
pas l'entrée et la sortie de la porte,
ne pense pas l'oiseau qui t'attend qui
s'envole, il FORCE juste l'image le
dehors ou le dedans de la case.
...
.
Son théâtre n'est PAS ton théâtre.▮

63.

Il y a beaucoup de gens, de plus en plus de gens, agglutinés. Ils parlent sans arrêt, ils parlent de ce qu'il y a à l'intérieur, ils parlent sur tous les tons, du plus aigu au plus grave, du plus rapide au plus lent, du plus affirmatif au plus timoré. Chacun veut avoir le bon et le dernier mot sur l'intime qui se déploie derrière la porte. On évoque avec gourmandise des meurtres ratés, des querelles larvées beaucoup plus réussies, un chien empaillé en plein aboiement et la radio à côté qui grésille une chanson de Mouloudji avec un rendu très Sex Pistols, les portes de la cuisine qui claquent façon saloon quand John Wayne va chercher ses tartines dans le grille-pain et remuer une ratatouille sur le feu, des déclarations d'amour sur le ton d'un discours de Malraux, un écran qui diffuse ses images auto-suggestives d'impuissance, un moustique trompé par la température et la surface fripée d'une crêpe qu'il s'apprête à piquer, car ces choses-là arrivent, on connait des témoins ; et on affirme encore la présence d'une liste de course barrée à moitié – le reste relevant de l'introuvable –, de parapluies volés qui ne valent pas tripette, des orgies de corps velus et vaillants, un homme qui enrage sans solution devant ses mots croisés et sa femme qui tente en vain d'attirer son regard en soupirant, des soupirs qui faisaient autrefois vraiment aboyer le chien... À l'intérieur, il y a en réalité une table, une chaise. Bien insuffisant pour accueillir tout ce petit monde et son imaginaire cavalant.

64.

Le poids de la cinquantaine.
Sa vie bien huilée, sans surprise ; les fréquences : journalières, hebdomadaires, mensuelles, annuelles... Il n'est pas dupe ; il sait que ce sont autant de manèges pour le divertir du plus grand.
Ce soir, c'est son anniversaire. Il tripote nerveusement un petit papier dans sa poche et tâche de se projeter dans sa soirée. Il sait qu'ils sont tous, vingt, trente, quarante, derrière la porte dans le noir ; il va l'ouvrir, la refermer épuisé de sa journée et, interrupteur, ils crieront :
« Surprise ! »
Sur le seuil il s'arrête. Sa main fait des confettis du petit papier dans sa poche. Il se dit qu'il va attendre là, seul dans le noir, seul dans le froid, et leur faire une surprise quand ils sortiront, las de leur attente.
« Surprise ! », qu'il leur dira pour commencer. Et après, il verra bien. D'une manière ou d'une autre : il faut bien commencer.

Tu T'EMPORTES. *Là-I* ou *Là-II*, ça ne te suffit plus. Le radar t'agace.

— *Je veux entrer dans le paysage ! Je veux y entrer comme dans une page de Gracq, tout saisir d'un événement diffus, être pris dans une toile tressée de tous les fils du récit, même celui qui n'est pas écrit. Je veux tout saisir, ne rien prendre, ni même caresser. Que tout reste en l'état ! Je veux traverser la viande, la peau, le sang et le tricot* AVECQUE, *mais ne rien dégrossir, ne rien percer, ne rien trahir. Je veux tout interroger et ne rien résoudre. Je veux entrer, entrer, entrer, et n'en rien sortir !*

— *Euh*, rétorque le radar après un silence gêné. *Mais T'Y ES ! T'y es,*

case D4, la preuve, tu n'as pas besoin d'entrer dans le paysage, T'Y ES ! objecte-t-il sur un ton de reproche mêlé d'HÉBÉTUDE.
Il t'observe, parfaitement au milieu de ta case.
— *Sinon, j'ai d'autres cases, si tu veux.*█

Tu hausses les ÉPAULES. Aller de case en case en case en CASE... c'est beaucoup de cases qui restent des cases de pétrole glacé.
— *D4, touché-coulé,* tu répliques.
Et tu tentes le PLONGEON.█

65.

Toi. Pas toi. Toi. Toi. Toi. Pas toi. Toi. Toi. Pas Toi. Pas toi. Toi. Pas Toi. Toi. Toi. Toi. Pas Toi. Toi. Pas Toi. Toi. Toi. Pas toi. Toi. Toi. Toi. Pas toi. Toi. Toi. Pas toi. Toi. Toi. Pas Toi. Toi. Pas Toi. Pas toi. Toi. Toi. Pas toi. Toi. Pas Toi. Toi. Toi. Pas toi. Toi. Pas Toi. Toi. Pas toi. Toi. Pas toi. Toi. Pas Toi. Pas toi. Toi. Pas toi. Toi. Pas toi. Toi. Pas toi. Pas toi. Pas toi. Toi. Pas Toi. Pas Toi. Toi. Pas toi.

66.

Une pièce carrée, obscure. Un mobilier charmant qui a charmé jusqu'à la poussière, une fenêtre fermée sur la vallée depuis dix ans. Un paysage impressionniste peint d'une impression passée dans un cadre doré écaillé, un portrait barbu, comme un hérisson au regard pointu sous un front couru de fins serpents. Un fauteuil devenu gouffre par lassitude de ses ressorts, une moquette et ses mares de café asséchées. Le groom de la porte, et son bras comme une branche morte de rouille.
Tes abysses.

Tu as fermé. Tu vas jeter la clé bien loin, bien vite, sans attendre d'y passer. Tu n'es pas pressé, s'entend ; c'est juste que si jamais la mort arrive, on ne sait jamais, tu ne veux pas que tes enfants prennent tout cela comme un précieux héritage à éclaircir, un bivoie sur lequel s'engager toujours du même côté puis à sillonner sans retour, bernés par le mystère d'un fond de poche de pantalon, le cliquetis d'une vieille clé contre quelques pièces de monnaie. Seule l'effraction, répètes-tu à l'envi, fera renaître ici autre chose qu'une impasse.

67.

— D'où te vient cette obsession d'ouvrir les portes, sans jamais les fermer ? Tu accumules les portes ouvertes comme d'autres accumulent l'argent ! C'est de la thésaurisation !
Oh, mais, je sais, je sais, je t'ai même déjà entendu le dire : tu veux perpétuellement ag-ran-dir le monde, et sans te l'approprier, bien sûr, et sans penser à mal ! Tu es *ouvert*, je sais ! Et tu vas me dire encore que tu défends le lien, que le *monde t'innerve*, qu'il y a nécessité de ne rien rompre, de ne rien fermer, jamais.
Moi figure-toi que j'essaie de te parler sans lassitude, de tenir ton fil, de le sentir exactement sur la pulpe de ton doigt, là où tu le tiens.
Tu me parles d'écartèlement heureux, de buste droit et digne, de capacité à tout tenir à bouts de ventouses, oh je te connais par cœur, par cœur, mon garçon, et moi je te renvoie à ton cercueil où tu t'allonges sans en avoir conscience : de plus en plus gourd, ligoté avec des liens souvent passés ou rêvés, plutôt que de te saouler la viande de vie libre !
Tu argumenteras encore l'absence de limites, les entrecroisements multiples, le refus de fin, et moi je te rappellerai encore la tienne inéluctable, de fin. Là tu marqueras une pause bienvenue, tu admettras presque ; mais je sens, je sais que tu ressurgiras de nouveau, tu te justifieras, tu asséneras que ces portes ouvertes, cette absence de limites, c'est ta façon de te saouler, ton précarré invisible d'herbes folles où tu reconstitues un

monde. Parce que, je sais là aussi ce que tu défends, je te connais par cœur je te dis, tu défends que dans une certaine limite il n'y a pas de limites, et que dans une certaine mesure, il n'y a pas de mesure. C'est ton viatique pour te rechampir l'existence !
Tout est en fin de compte vertigineux, avec ou sans limite. Mais il y a juste, tu vois : cette capacité que tu as, à force de portes ouvertes, d'accepter les courants d'air et les portes qui claquent.

Avec ton pote, tu as au moins appris à fermer ta bouche.

Maintenant que tu as plongé en profondeur, tu passes INVISIBLE d'une case à l'autre. Tu songes. Tu songes qu'il y a beaucoup de FAÇONS d'entrer. Par exemple, l'odeur est une façon d'entrer, alors que c'est elle qui entre en nous.
Les histoires, c'est pareil. Et le radar ne les capte pas plus que L'OISEAU.▮

68.

Un couloir rectiligne.
Des portes de chaque côté, à intervalles réguliers.
Au-devant, un confort de marche qui ne dit pas sa fin, et au bout du chemin droit et profond cette lumière neutre, aveuglante à la longue, déguisée en but. Elle remplace même le son.
Il trace droit, embarrassé, débattant trop vite en lui-même de l'intérêt de chaque étape, de chaque porte latérale, la peur au ventre de choir au milieu du couloir comme tombé d'un fil de gymnaste.
Parfait jongleur sur le fil. L'oubli de ce qu'il a dans les mains.
L'oubli aussi de l'objectif poursuivi.
Et ce raccourci si singulier entre :

ouvrir

et

tomber.

69.

La liste... Qu'a-t-il fait de cette satanée liste ?
Son sac de course est bien rempli. Ras bord ! Plus ou moins conforme à ce qu'il y avait sur la liste, il présume, mais il est convaincu d'oublier quelque chose.
Il s'assoit sur le banc dans son jardin. Son manteau est gorgé de pluie froide, sa clé est introuvable mais la liste gondolée se trouve entre ses doigts.
— Ah ! Mais bien sûr !
Il a donné la clé à refaire, c'était marqué sur la liste. C'est ennuyeux, il n'arrive pas à lire ce qu'il y a écrit après... Si, ça y est ! *Repas chez mes parents pendant que le serrurier refait la clé.* Il va être en retard et craint encore d'oublier quelque chose. Il écrit au dos du papier, en zone sèche : *Prendre des fleurs. Acheter du linge sec. Lui demander des nouvelles de sa santé ; à ma mère ; à mon père. Partir tôt. Passer chercher la clé chez le serrurier. Ne pas oublier de rentrer le chariot de courses laissé devant la maison...*
Il repart pressé, avec le sentiment d'avoir tout prévu, cette fois. La liste oubliée sur le banc.

70.

Je l'ai vue, la main sur la poignée. Elle a hésité quelques minutes sur mon seuil. Je me cherchais justement des projets ; gagné, en voilà un.
Quelques mois plus tard je me présentai aux élections municipales ; être maire et décider d'éventrer chaque jour le sol urbain à la recherche de raccordements de fluides hypothétiquement nécessaires, de dépaver repaver les rues pour les orienter différemment, même recommencer plusieurs fois jusqu'à trouver quelque angle avec les choses alentours pour s'harmoniser avec une mystique quelconque, d'ensabler les carrefours et les chaussées, d'échafauder tout ce qui peut se couvrir d'échafaudages, d'inverser les giratoires, de changer les couleurs des feux de circulation, d'affoler les inscriptions sur les panneaux à destination des piétons comme des voitures, d'ordonner des consultations publiques sur des idées plus saugrenues les unes que les autres, sans oublier d'organiser moi-même les manifestations à leur encontre... Tout prétexte bon pour des chantiers inutiles et pour façonner, de la rue de l'Épargne jusqu'à la rue des Abattoirs, des labyrinthes pour la perdre savamment de nouveau jusque chez moi. Et là, à deux pas de ma porte, j'imaginais quelque chose, un dispositif pour que le massif de magnolias parle. Je suis parti pour faire des folies.
Trop de gens s'interrogent sur la motivation des hommes politiques pour décider des chantiers qu'ils décident.

Signé : le Comité de Réhabilitation des Hommes Politiques.

- Affiche arrachée par : *l'Action Incertaine.*
- Lambeau visible après arrachage : *... lia parle. Je suis parti...*

• Photographié et publié sur les réseaux sociaux par le compte : *Pierre Menard.*

Le radar se tait depuis que tu as plongé. Il est DÉBORDÉ par la conviction que quelque chose lui échappe, alors il se concentre sur le souvenir de ton point dans la case.
Il aurait des PAUPIÈRES, il ne les fermerait pas.
Tu ES ce point, comme un point de FIXATION de yogi, sur lequel se concentre le radar.
Et ce point n’est plus là.▮

71.

Il lui semble que des voix fantômes s'adressent à lui. Parfois, la sensation est si forte, leurs voix sont si convaincantes, leurs arguments si dirigés... qu'il se sent appelé et qu'il croirait tout à fait exister.

Il marche.
Tout lui paraît familier désormais.
Un mur. Il contourne, il marche.
Un mur. Il contourne, il marche.
Rien. Il contourne tout de même et il marche.
Un mur. Il revient en arrière.
Rien. Un peu d'air, la lumière, c'est tout.
Il contourne et il marche.
Il marche et il tourne.
Il se détourne encore et il s'arrête.
Il explose et il court.
Il court et il hurle pour exiger que sa prison ait une porte.
Une porte à haïr, à tambouriner avec colère. Une porte qui donnerait un visage au supplice. Une échéance.
Mais rien, rien ne vient. Tout est si terriblement ouvert.
À quoi bon ces fantômes ?

72.

Elle l'a quitté en faisant claquer ses hauts talons rouges sur le parquet. Leur son pincé et sec martèle et perfore la moindre de ses pensées depuis plusieurs jours. Enfermé chez lui. Des journées de mort. Des nuits glaciales et obscures, radiateurs bloqués et rideaux ouverts, quelques éclats de bronze sur les meubles.

Une nuit encore de sommeil suffoquant, il s'échappe de chez lui comme une goutte d'eau d'un robinet. Ruisselle dans les rues. Peu à peu, il semble retrouver son cours. Paisible. Précipité. De méandre sombre en méandre sous réverbère. Il arrive devant chez elle. Les hauts talons rouges mortifères gisent sur le paillasson, renversés sur le côté. Derrière, il sait. La porte, en ironique cartographe, lui rappelle précisément la configuration des lieux : le vestibule, le couloir, la salle à manger, la chambre tout en longueur, son lit, elle à gauche, couchée sur le ventre. Appuyé dans l'encoignure il caresse le bois dense, sensible, inégal et poli de la porte. Les montants larges, les motifs de fleurs stylisées qu'une lueur oblique détache dans la nuit. Un temps songeur, apaisé, il rabat la vigne vierge sur lui et se tapit, la tête contre la sonnette, sans la déclencher. Une toile d'araignée effleure le coin de son œil à plusieurs reprises.

— Arrête de tirer tout le drap à toi ! Autrement c'est moi qui te quitte !

Il se raidit. C'est une voix d'homme. Elle provient de l'extrémité opposée de la porte et de la vigne vierge.

73.

Si la mort m'attendait derrière la porte, patibulaire avec un gourdin grossier, un flingue qui ne rate jamais son coup, un croche-pied ou une planche à clous...
Si la mort m'attendait derrière la porte, alors que ma vie se déroule de ce côté, sans anicroche.
Si la mort m'attendait derrière la porte, timide en fin de compte, campant sur mes fantasmes, jouant à mes jeux rêvés, courant petite fille sur la lisière d'une vie meilleure...
Mais si la mort, soudain lasse d'attendre ma décision, venait me chercher de ce côté-là...
Alors ?

74.

Si tu ouvres à Attila, les poils de ton paillasson ne repousseront pas.

Toutes ces portes qu'ils franchissent pleins de vie, sous la voûte de discours resservis, les yeux grands panoramiques ouverts sur d'aussi éternelles qu'illusoires terres vierges à conquérir, seuls sur le seuil d'une solitude plus grande encore...

Au bout de l'Eldorado, dans un brouhaha de cafétéria d'autoroute aux heures de pointe, les voilà qui piétinent de dévorants carreaux de carrelage continuellement salis par la vie, réclamant sans cesse leur grasse propreté.
— Tu as fini tes frites ?
Les frites sont froides. La moitié sont tombées au sol, avec les emballages en plastique, les canettes, les mégots, les morceaux de verre, les feuilles de salade.

Passer aux terres vierges suivantes. En zoomant sur la surface de la frite, en zoomant très fort, une belle terre riche et grasse apparaît sous les pas, avec un horizon doré.

« Cet homme, âgé, la lippe un peu tombante, tenait chaque soir à jouer une partie d'ÉCHECS avec son épouse, plus jeune de quelques décennies. Peu importe qui gagnait ; invariablement, la partie finie, d'un bras tendu à ras du plateau de jeu, il ratissait les pions vers le tiroir où ils sommeilleraient pour vingt-quatre heures. Puis, mirant avec satisfaction le plan lisse et quadrillé du jeu, il proclamait un rien solennel mais toujours souriant:

— Un jour, ma chérie, tout cela sera à TOI.

Sa femme souriait aussi, les yeux dans le VAGUE. Il aurait été difficile de déterminer si son humeur inconsistante relevait d'une profonde torpeur, d'une taiseuse rébellion ou d'une trop lasse impatience. Un jour, avant de lancer la partie, le mari ajouta aux trente-deux pions du jeu trente-deux autres pions, à égale proportion de blancs et de noirs, si bien que les soixante-quatre cases du plateau furent REMPLIES.

— Aujourd'hui, ma chérie, dit-il, il n'y a PLUS besoin de jouer.

— Tu veux dire qu'il n'est plus vraiment possible de jouer, non ?

— Non. Que ce n'est plus la PEINE. Nous avons tout rempli. Tout sera bientôt à toi. »

BIZARRES, les histoires drôles que te raconte le radar pour t'encourager à réémerger sur son quadrillage.▮

75.

Il se souvient de sa main d'enfant glissant sur le mur, pointes des pieds dressées pour atteindre le bouton. Il se souvient de la première fois qu'il avait réussi à appuyer dessus :
— Regarde Maman, je le touche ! Je suis grand !

Des lettres gravées sur du laiton cabossé. Des coups de marteau le rendant presque illisible. La sonnerie retentit faiblement et un visage hirsute apparaît, auquel pend une barbe décolorée pleine de miettes. Œil vitreux, carreaux sales, bouche cousue, bras croisés contre le mur du couloir, à un bon mètre de la porte.
— C'est pour ?
— Vous voir.
— Vous me voyez, assène l'homme d'un ton aigre. Qu'avez-vous à me vendre ? Des cuisines ?
Le visiteur ne répond pas tout de suite. Après un temps il demande :
— Je peux entrer ?
— Il n'y a rien à voir ici, même pas moi ; filez.
D'un coup de pied l'homme referme la porte.
Le visiteur s'est tassé, imperceptiblement.
Tout maintenant le dépasse.

76.

Le chien par la chatière est à la peine pour entrer ; il en miaule, mais ça ne l'aide pas davantage. Sa maîtresse n'est pas prête à lui ouvrir.

Des tulipes, des myosotis, des rhododendrons, des gentianes, des radis, des pissenlits, quelques pommes tombées à moitié dévorées par les guêpes. D'autres pousses encore, et même certaines dont les noms n'ont pas poussé dans sa tête.
Elle a les joues blanches quadrillées de rides, comme le filet d'une épuisette. Sans effort pourtant, elle tire sa brouette sur son terrain au relief inégal, bravant les ornières, les cratères, les quasi-tranchées, la roche surgie et les fils de fer. Dans la brouette s'entrecroisent les tiges, les feuilles, se métissent les fleurs fanées dans le cahot ; il y a aussi une rose rouillée surgie d'une scarole flétrie et une limace brune embrochée sur une épine de pyracantha.
Elle s'est immobilisée, comme rassemblant ses forces. Et alors soudainement elle rugit, rauque et rouge, renverse le tout comme engrais et semence encuchonnés. Repue par son geste, elle laisse la brouette inerte sur le flanc, rejoignant à petits pas fatigués sa bicoque de vieilles pierres. Elle observera bien au chaud derrière la vitre de sa porte-fenêtre à rideaux brodés ce qui va en pousser. Six mois de spectacle bien canant au bas mot. Dans un fauteuil.

77.

Imaginons un jour qui finit si apaisé que toute la poussière du monde – et ça fait beaucoup de poussière, toute la poussière du monde – se dépose calmement. Que les gonds des portes se grippent, que les oiseaux chantent dans leur tête, que le soleil paraît couché sur une orange pressée, que la mer mime des airs d'opéra, et qu'au petit matin après l'amour les corps des femmes et des hommes sont emmêlés inertes.
Qui accusera le premier un papillon d'avoir battu des ailes dans cet aboutissement de paix si longtemps attendu ?

Soudain█
à la grande SURPRISE du radar█
pourquoi maintenant█
█pourquoi pas
tu ressurgis█
point HIRSUTE réveillé qui pourrait █
dépasser l’estran quadrillé█
voire quelque obstacle accore AU-DELÀ.█

78. *(D'après une histoire véritable et à peine différente)*

J'ai vu approcher, avec son pas craquant d'allumettes, une souris ; j'ai entendu sonner l'écureuil en question, vaguement préoccupé, se rassurant lui-même tant et si bien qu'en lui ouvrant le seul réflexe bienveillant possible m'a conduit à laisser entrer le chat épais qu'il était, si bien nourri grassouillet que je m'en fis la remarque. J'ai offert de lui prendre son pardessus noir, et l'ours blanc s'est empressé de me le confier, indifférent aux risques de pluie ultérieurs ; on reconnaît bien là le rhinocéros. Il m'a aussi fait don définitif de son parapluie qui s'harmonisait si bien avec ledit pardessus. Le temps de faire chauffer l'eau pour le thé, je reviens dans mon salon... Et maintenant ? Que fais-je de cet éléphant ceinturé de douze colts lustrés, ridiculement assis dans mon fauteuil à hurler : « De l'action, de l'action, de l'action, et une bière ! » ? Deux cent cinquante grammes d'emmenthal râpé et ma bandoulière garnie de tapettes à souris seront-ils à la hauteur du problème ?

79.

Jambes lourdes. Tout son corps exprime sa réticence à entrer là. Il jouera, bien sûr : l'engagement, la passion et la joie. Il connaît les phrases toutes faites qui ont fait de l'humain un robot avant que le robot ne prétende à remplacer l'humain. À défaut, il y aura les pirouettes. Il sait faire aussi. Oui, il va jouer encore, pour les besoins du théâtre de circonstance. L'homme rumine quelques phrases de Rilke comme on suce, têtu, le noyau d'un fruit gardé en bouche.

« Utilisez pour vous exprimer les choses qui vous entourent, les images de vos songes, les objets de vos souvenirs.Si votre quotidien vous paraît pauvre, ne l'accusez pas. Accusez-vous vous-même de ne pas être assez poète pour appeler à vous ses richesses. Pour le créateur rien n'est pauvre, il n'est pas de lieux pauvres, indifférents. Même si vous étiez dans une prison, dont les murs étoufferaient tous les bruits du monde, ne vous resterait-il pas toujours votre enfance, cette précieuse, cette royale richesse, ce trésor des souvenirs ? »

Immédiatement après, l'homme se remémore Tati racontant à Jacques Chancel un souvenir d'école : « Je me rappelle mon professeur d'anglais qui m'avait expliqué de traduire en anglais qu'il ouvrait la porte et qu'il devait la refermer, alors il m'avait dit, "*Tatischeff, voulez-vous* open the door", *alors j'avais ouvert la porte*, "*et* close the door", *alors j'avais refermé la porte mais j'étais parti, et dans le couloir, je me disais, c'est trop formidable, je ne peux pas revenir maintenant, c'est une situation fabuleuse, je me rendais compte que le fait de revenir aurait tout gâché. »*

80.

Personne n'a idée de ce qui se dissimule derrière.
Juste derrière, et au-delà.
Pourtant, note l'homme qui s'ignore dans un carnet posé sur ses genoux, *il se trouve toujours des gens qui, le sourcil en couteau affûté, décrivent l'envers inconnu du décor avec une sorte de haute platitude scrupuleusement détaillée. Entre leurs mots on décèle quelque chose...*
L'homme qui s'ignore poursuit.
Au fond, rien ne ressemble plus à l'ignorance d'une chose que l'ignorance d'autre chose. L'ignorance, feinte ou non, est un phénomène unique, et englobant ; si unique qu'elle est constamment minimisée dans son importance ; si englobante, sans un éclair d'humilité, qu'elle est un ersatz confondant de l'absolu.
Vaguement encouragé par l'écriture de ces quelques lignes, l'homme qui s'ignore chantonne le refrain de *Where Is My Mind.* Puis il relit distraitement ce qu'il avait écrit un jour plus tôt en page précédente.
Le rituel du quotidien, c'est la continuité de soi dans l'abstraction du monde. Le rituel du passage, c'est l'entrée abstraite de soi dans la continuité absolue du monde.
L'homme qui s'ignore se demande jusqu'à quel point il s'ignore... ou se tourne autour.

EXTRAIT DU DISCOURS D'UN DICTIONNAIRE.

Vêtu de cuir, demi-ouvert et raide sur sa tribune, il fait face à une assemblée dense de radars pointilleux et sûrs de leur fait. Une banderole ridicule et distendue, arborant le mot « Croire », est accrochée avec des pinces à linge, dont une directement sur le micro. Personne ne paraît parier qu'elle puisse rester accrochée bien longtemps à cet endroit, d'où un empressement général à prendre des photos tant qu'il en est encore temps, alors que le dictionnaire commence son allocution solennelle.

Chers amis radars,

Merci d'être venus. Merci aussi, d'avance, d'oublier quelque peu vos écrans pendant le temps de mon intervention... Oui, oh, oh, oh, je sais que ce que je vous demande est difficile, c'est un peu renoncer à vous-mêmes ! (rires)

Allons. Vous êtes nombreux aujourd'hui, et je suis seul, sans mandat pour représenter l'ensemble de mes confrères dictionnaires face à vous. Permettez-moi cependant de partager d'entrée de jeu cette conviction personnelle : par nos actes, par notre existence même, vous comme nous avons toujours cherché à donner des points de repères, chacun à notre manière. Je crois que, ce faisant, nous avons autant fermé le monde que nous l'avons ouvert. Je vais commencer par citer l'un de mes pairs.

Croire, verbe transitif direct. Attacher une valeur de vérité, de foi, à ce que dit quelqu'un, voire à ce que l'on formule pour soi-même.

Je vous demanderais bien votre avis, mais nous n'avons que peu de temps. Alors je vais me contenter de vous donner le mien, comme tout dictionnaire qui se respecte (rires). *Croire, mes amis,* reprend le dictionnaire orateur après avoir toussoté un peu et crissé de la reliure, *c'est une question de corps, et de théâtralité… De geste ! Croire en est la conséquence, pas la cause ! Car le geste embarque tout le décor qui apparaît derrière lui. Tout est né de sa fumée, de sa prescience. Il y a le geste, et aussi l'idée qui mène au geste, et le geste qui mène à l'idée. Le geste s'affirme comme le point de bascule entre irréel et réel, entre chaos et monde tenu, entre mensonge et vérité, entre évanescence et incarnation. Voyez l'importance du geste... Hélas, le geste n'est pas une affaire simple. Notons par exemple que lorsqu'une personne écrit sur un clavier d'ordinateur, il y a au moins trois filtres qui empêchent la conscience primaire de son geste, et donc sa capacité à croire elle-même en ce* qu'elle écrit.

Il y a d'abord les touches. Toutes les touches sont les mêmes, elles produisent le même son, et elles sont identiques de forme même si leur position diffère sur le clavier.

Puis il y a les lettres. Elles ont leur histoire, mais elles sont abstraites malgré tout : elles ne savent pas d'avance le mot auquel elles vont donner corps. Elles ne savent ni le jugement qu'il faudrait sur le mot pour bien l'écrire, le maintenir par choix dans le texte, ni le rejet du jugement extérieur qu'il faudrait tout autant pour l'imposer. Les lettres ne savent ni l'emphase, ni le tourment, ni la vue d'en haut, ni la vue d'en bas *d'elles-mêmes. Le pied de la lettre est inconscient de la lettre. Tout le reste aussi. Enfin il y a les mots, qui ont beaucoup vécu avant d'atterrir là, de quoi il découle que pour leur imprimer un sens plus certain que les traces de sens qu'ils contiennent, il faut se lever tôt... mais... là, là, là il y a le métier, c'est-à-dire le geste qui finit par surgir au-dessus des touches et des lettres. Le style. Voyez, j'ai pris vraiment conscience de cela un jour, lors d'un concert en plein air. Ce jour-là, en voyant jouer une musicienne aux grands gestes sur sa cithare chinoise, la singularité musicale et visuelle conjuguée m'a révélé d'évidence ce que la musique plus familière à mes* ▓

oreilles ne savait pas me dire, ou plutôt ce que je ne savais pas entendre d'elle. J'aurais pu, j'aurais dû le comprendre depuis longtemps, par exemple à l'écoute et au visionnage répété des moulinets de bras emportés d'un Pete Townshend dans Pinball Wizzard. *Mais il m'a fallu plus. La théâtralité, cette théâtralité qui se construit et se partage par l'attention, l'intention, l'engagement, surgissait de son corps, et non premièrement de la partition ou des notes.*

Messieurs, je me contenterais pour finir d'être terriblement abrupt. Je suis désolé tout autant pour vous que pour mes confrères : Croire *est peut-être transitif et direct, mais est surtout furtif et personnel. Il met au défi tout point de*

repère. Seul sait où et quoi est, où et quoi entre, où et quoi sort, et ce que cela signifie... celui qui est, entre et sort. Voilà qui sonne pour nous comme un désaveu.
Je me dis souvent, en me parlant à moi-même : si tu veux confirmer ce que tu comprends des mots, observe le geste. Si tu veux confirmer ce que tu comprends du geste, observe le mouvement. Si tu veux confirmer ce que tu comprends des mots, des gestes, du mouvement... Observe la poussière. On peut même ajouter : si tu ne comprends pas les mots, observe le geste. Si tu ne comprends pas non plus le geste, observe le mouvement. Si tu ne comprends ni les mots, ni le geste, ni le mouvement... Observe la poussière. ▓

Voilà de quoi nous autoriser une retraite heureuse.
Même si nous ne manquerons jamais de gens pour nous croire, la vérité est que nous ne savons même pas comprendre l'ouverture d'une porte, mes amis.

81.

Sa veste rouge lui descend jusqu'aux genoux, rigide. Quelques centimètres de plus que la moyenne, les yeux au-dessus de la ligne de flottaison de la foule, un peu viking, l'allure lente. Il laisse passer les chiens, les chats, les cadres, les personnes âgées, les pigeons, les boulangères, les plombiers, les amoureux. Le buste altier, les mains déroulées en permanence à distance du corps. Difficile de deviner où il va, où il s'arrêtera. Son regard décidé, sa carrure de bulldozer, et des pas qui s'inclinent devant tout obstacle, paraissent les contourner, infléchis irrémédiablement.

À la banque. Tout simplement : il va à la banque. Il entre.

Ses bottes rouges assorties à sa veste s'avancent sur le sol lisse, lino beige, se plantent au milieu ; sans prise en compte ni égard pour le tracé des files d'attentes, des zones de confidentialité. Autour de lui, les itinéraires des employés et des clients, fluides, se modifient instantanément. Il ne semble rien attendre, plastique. Il ne demande rien, il garde sa superbe posture rouge, droite, légèrement cambrée, qu'il fige. Personne ne prend garde à lui, sauf une femme très âgée qui râle, le trouve encombrant, là. Puis elle passe à autre chose car un enfant lui a tiré la langue : voilà qui l'inquiète au titre de l'avenir du monde.

Il serait plus à sa place comme mannequin dans la vitrine

d'un magasin branché. L'éclairage l'insulte, pas assez subtil par endroits, pas assez clinquant par ailleurs : mais il est au-dessus de tout cela. Il pourrait chanter un vrai morceau de glam rock tombé du ciel avec une voix de crooner électrocuté.

Peut-être que derrière la caméra de vidéosurveillance un gardien l'a repéré, avec son manège bizarre, qui n'est pas un manège... Peut-être qu'il a l'impression d'assister au début d'un clip de musique pop. Dans le hall de la banque pourtant, personne ne réagit. Juste un guichetier qui jette un œil, sourcille... Pfff... si on commence à s'inquiéter des rêveurs…

Une heure a passé. La fréquentation ne faiblit pas dans l'établissement, et même augmente, c'est l'heure de pointe à cause du marché sur la place. On contourne l'homme, de plus en plus enserré. Le guichetier lui a de nouveau jeté un œil, qu'il a ensuite échangé avec un collègue. Puis un autre. Succession de regards en flipper, soudain, les néons au-dessus clignotent à cause de sauts de tension. Les yeux happés et rejetés sur ce pylône électrique rouge au milieu.

Il n'y a pas à dire : il gêne. Tout d'un coup le constat est devenu évident. Il gêne. Il n'a pas à être là, il gêne objectivement le passage. Il demeure rigide, absolument sans la moindre variable. Quelques instants plus tôt il faisait presque partie des meubles, même si le rouge choquait. Mais maintenant il jure.

Voilà un troisième guichetier, plus entreprenant. Il s'approche de l'homme et se plante face à lui pour demander fermement ce qu'il veut, préciser que les formulaires sont là, là et là. Pas de réponse, pas un mot, l'homme se fout manifestement des formulaires normalement adaptés à toute situation grâce à un ingénieux système de cases à cocher. L'homme accroche ses yeux au faux plafond comme si le ciel ou un secret s'y cachait.
Le guichetier repart, quart-rigolard, trois-quart-inquiet. L'heure du déjeuner dans cinquante minutes.

Une tension naît imperceptiblement avec le compte à rebours... comment va-t-on fermer s'il ne bouge pas ?

Au fond de l'agence bancaire, on décroche le téléphone et on appelle la police. Celle-ci rit, la police a de l'humour et n'a que ça à faire que de s'occuper d'un rêveur au milieu d'un hall de banque à cinquante minutes de la fermeture qui déclenche la chasse au sandwich. Eux, ils n'ont pas de formulaires pour ça. Peut-être qu'ils passeront plus tard, en passant pour aller ailleurs, ils verraient, au moment du goûter, peut-être, et alors, peut-être aussi qu'ils resteront à dîner, quand y'en a pour un...

Les guichetiers se sentent seuls. Intrigués. Stressés par l'heure de fermeture approchante mais aussi, peu à peu, par l'homme. Rouge. Incompréhensible. Leurs mains commencent à trembler, à se tromper sur les claviers, à tamponner à côté des formulaires, des gouttes de sueur se forment aux racines des cheveux et débaroulent ostensiblement le long des cous penchés. Les clients, en dépit de leur moindre attachement au lieu et de leur moindre dépendance sur la question du repas de midi, se laissent gagner par la même crainte sourde, mystérieuse.

C'est vrai, il fait quoi ce type ? Peut-être qu'il va sortir un flingue dès que quelqu'un va essayer de sortir, peut-être que des complices vont débarquer dans la minute et... Certains clients s'assoient sur les chaises, de chaque côté, les jambes ramollies... De nombreux yeux rebondissent de l'homme rouge aux murs ; tout nouvel arrivant dans la banque est désormais accueilli dans un gouffre profond de silence contrit, de plus en plus inquiet…

Partant de nulle part, un affolement se propage comme l'éclair.
— Mais faites quelque chose, enfin !
— On va tous y rester !
Des poings s'écrasent violemment sur les guichets. D'autres mots volent, des plaintes, des mécontentements acides. Les cinq guichetiers s'acculent au mur, deux mètres derrière le comptoir, plus rien n'est prévu à part l'alarme.
La veste rouge campe sur ses positions hypothétiques et muettes, comme inconsciente des remous qu'elle provoque.
— Videz le coffre en vitesse, donnez-lui tout ! J'ai des enfants, je veux les voir grandir !

Deux clients s'énervent vraiment, sautent par-dessus le guichet et arrachent derechef clés et codes. Quelques minutes se désagrègent d'un coup. Des sacs de billets commencent à s'amonceler auprès des bottes rouges. Mais l'homme ne montre aucune satisfaction ; aucune réaction, même. S'estime-t-il à un plus haut prix ? Le mouvement s'accélère, on cherche à le contenter, c'est tout. On lui propose aussi un café.

Le coffre a été vidé. Le tas de billets aux pieds de l'homme est conséquent. On ne peut pas faire mieux, monsieur, commence à se dire tout le monde dans un regain de peur.

Il est midi. Un carillon électronique mollasson se fait entendre. Il tourne la tête en douceur vers les aiguilles de l'horloge. Rouges. En dessous, les cerveaux des guichetiers paralysés clapotent.

L'homme soupire, se tourne et sort, sans autre chose que ses mains pour garnir les poches de sa veste.

82.

Vlam.
Plonk. Plonk.
Flap. Flap.

Un Passage.

Un Envol.

Un Fermier Général.

Tentative de lutte contre l'infini quadrillage du monde

— C'est un peu désespéré, non ?

Oui.
Avec bonheur, car
les extrémités du désespoir
sont inquadrillables.

Le *dit*
donné à entendre
est
soigneusement
sélectionné
et répété
sans fin.

Un achat comme
un mensonge, se trahit
davantage lorsqu'il ne se
répète pas.

La répétition
de *ce qui n'est pas dit*
n'est pas choisie
pour être entendue.

P a s s a n t
qui n'entend
q u e c e l a ,
que cela (bis).

Le *dit* est tellement dit que le *non-dit* n'a de toute façon pas la place d'exister.

Être bon
communicant ?

↓↓↓

Retour
à la case aspirine

Passant aux pensées
sourdes, nichées dans
les creux des poches
revolver, des hanches et
des oreilles amusées, des
non-dits des visages.

Passant qui
reste sur le
s e u i l
en sourire,
qui file.

Le cadrage contient
plus d' informations que
le cadre lui-même.

Rectangle
des
Bermudes

N u m b e r 9

Il a
éteint.

— Que lis-tu dans
ton marc de café,
Stakhanov ?

TABLE DES MATIÈRES

BIBLIOGRAPHIE

POÉSIE

Du chaos et de la bonne digestion des choses,
Abstractions, 2024
Le Dernier Livre du monde,
éditions Gros Textes, 2021

NOUVELLES

« Le Souvenir » et « La Nymphe » dans *Amorphine*,
Abstractions, 2024
Ève et l'Ange ou la gravité négociable,
Abstractions, 2021
Petite Princesse du Silence, chez 15K (indisponible),
version audio interprétée par Catherine Gautier, 2019
L'Ailleuriste (& autres nouvelles et poèmes),
paru dans le numéro 1 de la revue *Daïmon*, 2018
Tire, tout viendra, chez 15K (indisponible), version audio
interprétée par Manu Grimo, 2017

THÉÂTRE

Le Brunch des généraux, micro-suite hommage au
Goûter des généraux de Boris Vian,
paru dans le numéro 5 de la revue *Daïmon*, 2020

REVUES ET RECUEILS CONTENANT DES TEXTES DE L'AUTEUR

Revue *Le Visage Vert* / revue *Pourtant* / *Entre chiens et loups* chez Trois Petites Truites éditions / revue *Daïmon* / revue *TESTE* / *Traverser* aux éditions de l'Aigrette / *Pâtes- alphabet* chez le Fol Asile / revue *Festival Permanent des Mots* / revue *Cabaret* / revue *Les Impromptus* / revue *PØST*/ *Carrés Poétiques* chez Jacques Flament éditeur / f*anzine Hazard Zone* / revue *L'Ampoule* / revue *Dissonances* / revue *Rrose Sélavy* / revue *Moebius* (Canada) / revue *Souffles* / revue *Microbe* (Belgique) / revue *Harfang* / revue *Rue Saint- Ambroise* / revue *Coaltar* / revue *Borborygmes* / revue *17 secondes* / revue *Poésie Première* / revue *Ce qui reste* / revue *Verso* / revue *Comme en poésie* / revue *Brèves, anthologie permanente de la nouvelle* / revue *Textimage* / *En morceaux* chez la Passe du Vent.

BIOGRAPHIE

Thomas Pourchayre vit à Lyon. Il aime la marche, grimpe autant qu'il peut. Très porté sur les textes courts, il évolue vers la composition d'œuvres fragmentaires. Après les publications d'*Ève et l'Ange ou la gravité négociable*, et de *Du chaos et de la bonne digestion des choses*, les éditions Abstractions publient *Tentative de lutte contre l'infini quadrillage du monde*, issu initialement d'une obsession photographique.

Thomas Pourchayre a encore de nombreux projets en cours, entre autres la finalisation d'un roman et la bonne marche d'une maison d'édition associative originale créée avec trois amis : les éditions du Facteur Galop.

REMERCIEMENTS

L'auteur remercie les revues *Daïmon* et *Harfang* pour avoir accueilli quelques fragments du présent livre il y a de nombreuses années, alors que celui-ci n'était encore qu'une exploration ; ainsi que Guylaine Monnier et Anna Ayanoglou qui permirent de premières incarnations de certains textes sur la scène *TAPAGE* à Paris en novembre 2023.
Des hommages se cachent aussi dans ces pages. On a ainsi bel et bien entendu les Pixies, Bob Dylan, Mouloudji, Brassens, les Who et les Beatles ; on a vu, sans la lire, se coucher sur un mur menacé de démolition la phrase de Bartleby, d'Herman Melville, et de nombreuses autres phrases qui resteront secrètes sous les dessous du quadrillage.
Enfin, l'auteur précise que Pierre Ménard, cité quelque part pour son action sur les réseaux sociaux, n'a jamais disposé de comptes sur lesdits réseaux, tout attaché qu'il était à sa propre fiction.

ŒUVRE EN COUVERTURE

© Luiz Eduardo Borges, *Alysum*, 2011

Imprimé en Union européenne
par l'intermédiaire d'ALPHA BOOK PRINT